Paul Joseph Goebbels / Michael

일기에 나타난 어느 독일인의 운명

미하엘

파울 요제프 괴벨스
강명순 옮김

헌사

1918

너는 총상을 입은 팔에는 붕대를 감고, 부상당한 머리에는 회색 철모를 쓰고, 가슴에는 철십자 훈장을 주렁주렁 매단 채 대학 입학시험을 치르기 위해 면접관인 부자들 앞에 서 있었다. 그들은 네가 몇 가지 숫자를 제대로 답변하지 못하자 자격이 없다며 너를 탈락시켰다.
우리의 답변은 이거였다: 혁명하라!

1920

우리 두 사람은 영혼이 붕괴될 위기에 직면했다. 그러나 서로를 의지하며 그 위기를 극복했고 거의 좌절하지 않았다.
나의 답변은 이거였다: 저항하라!

1923

너는 자신의 운명에 도전해 보기로 결심했다. 죽기 아니면 살기의 각오로! 하지만 아직 때가 아니었다. 그래서 너는 희생자가 되었다.
너의 답변은 이거였다: 죽음을 다오!

1927

나는 너의 무덤을 찾았다. 밝은 햇살 아래 놓여 있는 초록색 무덤이 내게 인생의 무상함을 가르쳐 주었다.
나의 답변은 이거였다: 부활하라.

1923년 7월 19일 쉴리어제 인근의 어느 광산에서
용감한 노동자로 일하다 죽음을 맞이한 내 친구
리하르트 플리스게스한테 이 책을 바친다.

서문

삶의 가장 큰 축복은 끊임없이 변화하는 삶의 비밀들로부터 젊은 생명의 힘들이 생겨난다는 것이다. 위기는 행복으로 가는 길이다. 용해와 해체는 몰락을 의미하는 것이 아니라 상승과 시작을 의미한다. 대낮의 혼돈 뒤편에서는 강력한 힘들이 조용히 새로운 창조를 준비하고 있다.

요즘의 청년들이 예전의 청년들보다 더 활기차다. 그들은 무엇 때문에, 또 무엇을 위해 투쟁해야 하는지 알고 있다. 청년들에 의해 새로운 형태의 삶이 시작되고 있다.

청년과 노인이 대립할 경우 청년의 말이 늘 옳다.

즐거운 마음으로 미래를 기대하는 사람들의 마음속에는 창조의 의지, 삶의 의지, 형상화의 의지가 뜨겁고 열정적으로 타오른다. 수백만 명의 사람들이 고통 속에서도 그날이 오기를 기다리고 있다. 허기와 추위, 정신적 고통이 가득한 허름한 집의 다락방, 일용직 노동자들의 창고 같은 방, 여기저기 떠돌아다니는 노숙자들의 하룻밤 잠자리에서 새로운 시대에 대한 희망과 상징이 피어오른다. 믿음, 투쟁, 노동, 이 세 가지가 오늘날 독일 청년들이 파우스트와 같은 창조의 열망 속에서 가슴에 품고 있는 덕목들이다.

우리는 서서히 서로에게 다가간다: 부활 정신, 나를 버리는 것, 너에게 다가가는 것, 형제가 되는 것, 그리고 국민이 되는 것. 그것이 이쪽과 저쪽을 연결하는 다리다.

우리는 폭풍우를 몰고 올 그날을 기다리고 있다. 그날이 오면 우리는 조국을 위한 행동에 나설 용기를 끌어모을 것이다. 우리가 원하는 것은 삶이다. 따라서 우리는 그 삶을 얻을 것이다.

미하엘의 일기는 독일인의 열정과 헌신을 기리기 위한 글로서 독일인들에게 감동과 위로를 전하고자 한다. 미하엘의 고요하고 겸손한 삶에는, 오늘 우리 젊은이들의 생각을 하나로 모으고, 내일 우리 젊은이들을 하나의 조직으로 뭉치게 만드는 모든 힘들이 반영되어 있다. 따라서 미하엘의 삶과 죽음은 우연과 맹목적인 운명 이상이다. 그의 삶과 죽음은 시대의 징후이자 미래의 상징이다.

그의 삶은 노동에 바쳐졌고, 그의 죽음은 새로운 국민을 형성하는 데 바쳐졌다. 이것은 우리가 이 지상에서 맛볼 수 있는 최고의 위안이다.

5월 2일, 급행열차 안에서

나의 허벅지 안에는 더 이상 순혈종의 피가 흐르지 않는다. 내가 있는 곳은 이제 대포 발사대가 아니다. 나는 처참하게 무너져 진창길이 되어 버린 참호들 사이를 걸어왔다. 아주 오랫동안 드넓은 러시아의 평원을, 또 황량한 프랑스 땅을 지나왔다. ― 그리고 드디어 벗어났다!

천천히 마음에 여유가 생긴다. 나는 마치 불사조인 양 전쟁으로 파괴된 잿더미에서 하늘을 향해 솟아오른다.

평화!

이 단어는 마치 피가 흐르는 상처에 바르는 향유처럼 내 마음을 어루만져 준다. 이 단어에서 느껴지는 축복을 두 손으로 붙잡을 수도 있을 것 같은 기분이다.

열차의 창밖은 좌우 가릴 것 없이 전부 독일 땅이다. 도시들, 마을들, 숲들, 들판들. 갈색의 밭 사이로 조용한 길이 하나 나 있다. 길 양쪽에 꽃이 흐드러지게 피어 있다.

마을의 골목길에서 아이들이 뛰놀고 있다.

공장의 굴뚝들이 마치 유리처럼 투명한 창공을 찌를 듯이 높이 솟아 있다.

열차가 길게 펼쳐진 녹색의 들판 옆으로 달려간다. 들판이 총천연색으로 알록달록하게 반짝거린다. 열차의 창문을 열고 공기를 깊이 들이마신다. 독일의 대지 위로 햇살이 쏟아진다.

그리스인들은 아마 바다를 향해 인사했을 것이다.

고향이여! 독일이여!

들판과 정원에 꽃이 만발했다. 4년 동안 폐허와 오물, 피와 죽음밖에 못 본 사람의 눈에는 가슴이 벅찰 만큼 감동적이고 아름다운 광경이 아닐 수 없다.

마치 섬이 헤엄을 치듯이 열차는 계속 앞으로 달려간다. 자유를 향해서!

프랑스 전선에 머무는 동안 나는 젊은 시절의 괴테에 푹 빠져 있었다. 그는 오늘날에도 여전히 최고의 정신적 지도자이자 모든 젊은 의지의 선구자다. 바이마르는 우리의 성지가 아니다.

지금 내 주머니 속에는 단 한 권의 책이 있다. 《파우스트》. 《파우스트》 1부를 읽는다. 2부를 읽기에는 내가 너무 멍청하다.

하이델베르크! 사랑스러운 계곡 속에 자리 잡은 도시. 도시 위쪽에 성이 자리하고 있다. 대학생들이 역 플랫폼에서 노래를 부른다.

조급한 열차 바퀴들이 계속해서 굴러간다. 전진하라!

구릉들이 산으로 바뀐다! 햇빛을 받은 대지에서 수증기가 모락모락 피어오른다.

내 눈은 아름다운 자연을 흠뻑 빨아들인다!

*
5월 5일

나는 지금 방에 앉아 있다. 대학생인 나는 스스로의 주인이자 군주로서 자유를 마음껏 누린다. 전쟁의 혼란 속에서 그 얼마나 꿈꾸었던 일인가.

나는 마치 고향에 돌아온 것처럼 이곳의 도로와 골목들을 누비고 다닌다. 전쟁터에서 우리는 어디서든 적응해 살아가는 법을 배웠다. 아름답고 쾌적한 도시다. 이곳 사람들은 시간이 많은지, 서두르는 모습을 거의 보지 못했다. 이곳은 독일 남부 깊숙이 자리하고 있다.

칼스플라츠 광장에는 벤치가 많은데, 벤치에는 늘 사람들이 앉아 있다. 아침에도, 낮에도, 또 저녁에도. 벤치가 비어 있는 것을 본 적이 없다.

쉴로스베르크의 밤나무에는 하얀 촛불들을 켜 놓았다. 나는 시간이 있을 때면 — 내가 언제 시간이 없을 때가 있었던가 — 쉴로스베르크 꼭대기까지 올라간다. 그곳에서는 도시가 한눈에 내려다 보인다. 마치 병아리들이 어미 닭을 빙 둘러싸고 있는 것처럼, 낡고 풍화된 대성당을 가운데에 두고 오래된 건물들이 주위에 밀집해 있다. 건물의 빨간색 지붕들 위에서 장난치듯 햇살이 반짝거린다.

아주 멀리 들판이 반짝거리고, 그 너머로 포게젠 산맥이 아스라이 솟아 있다.

1년 전, 나는 그 근처 어딘가에서 공중 폭격을 받았다. 당시 내 마음속에는 오로지 한 가지 소원밖에 없었다. 고통이 끝나는 것, 죽는 것, 쓰러지는 것, 영웅이 되는 것, 더 이상 아무것도 알지 못하는 것, 그것이 나의 유일한 소원이었다.

그리고 이곳에 서 있는 오늘, 나는 진심으로 내 몸에서 생명을 끊어 내고 싶다.

*
5월 8일

나는 시 외곽에 있는 맨 마지막 집에 산다. 내 방 창문에서 꽃이 만발한 정원이 내다보인다.

하루 종일 내 방 안으로 볕이 아주 잘 든다. 이 도시 위로 짙푸른 하늘이 펼쳐져 있다.

대학에 수업을 들으러 갈 때면 나는 독일에서 이 도시밖에 없는 깨끗한 거리들을 지나간다. 인도 옆으로 넓은 수로가 흐른다. 무릎 깊이의 물속에서 아이들이 무리 지어 걸어가면서 지나가는 행인들에게 장난을 친다.

이곳에서의 생활은 쾌적하고 즐겁다!

저녁에 나는 인적이 끊긴 성당 옆 좁은 골목길을 지나 집으로 돌아간다. 들리는 소리라고는 내 발자국 소리뿐이다. 바람이 부드럽게 내 얼굴을 스치고 지나간다. 발걸음을 멈추면 어디선가 졸졸 물 흘러가는 소리가 들린다.

사람들 너머에서 밤을 맞이하는 대화 소리다.

〈열려 있는 창문 앞에서〉

저녁 바람이
나의 방 안으로
졸음에 겨운 새의 노랫소리와
라일락 향기를
가만히 실어다 준다.
이러니 어찌 잠을 자겠는가!

*
5월 12일

우연히 학교 동창 리하르트를 만났다. 우리는 전쟁터에서도 몇 번 만난 적이 있다. 다시 얼굴을 보니 얼마나 반갑던지! 그가 내게 전공이 뭐냐고 묻는다.

내 전공이 정확히 뭐지?

모든 것이 전공이기도 하고 전공이 없기도 하다. 나는 너무 게으르다. 또한 학문을 하기에는 내가 너무 멍청하다는 생각이 든다.

나는 진짜 남자가 되고 싶다! 대강의 윤곽이라도 잡고 싶다. 개인! 새로운 독일인이 되는 방법을 파악하고 싶다.

문제는 양식(樣式)이다! 양식은 법칙과 표현이 조화를 이루는 것을 말한다. 따라서 양식을 갖추려는 사람은 법칙과 표현, 두 가지가 모두 있어야만 한다.

결론적으로 양식을 갖추고 있다는 것은 자신의 법칙에 어울리는 일을 하고, 그것에 영향을 미치고, 그로 인해 고통을 겪고, 그것을 형상화하는 모든 행동을 가리킨다.

말투 역시 당연히 양식에 해당된다.

마음속에서 불꽃이 타오르지 않으면 어찌 불을 붙일 수 있겠는가!

*
5월 16일

저녁에 리하르트가 나를 찾아온다. 우리는 정원에 앉아 밤늦도록 이야기를 나눈다. 그는 똑똑하고 이해력이 좋다. 특히 그는 아는 게 아주 많다.

우린 어린 시절의 추억을 나눈다. 눈앞에 고향 마을, 정원과 우리 집이 떠오른다. 열려 있는 부엌문을 통해 어머니가 부엌에서 분주하게 일하는 소리가 들린다.

어머니!

나는 아무것도 필요 없다. 어머니 하나면 충분하다.

자식들한테 전부가 되지 못하는 어머니는 제 직분을 소홀히 한 것이다. 어머니는 자식에게 친구이자 선생님이자 지인이 되어야 할 뿐 아니라 기쁨과 커다란 자부심의 원천이 되어야 한다. 또한 자식을 격려하고 욕망을 억제시켜 주어야 한다. 어머니는 고소인이자 중재자이자 재판관이 되어야 하며, 때로는 잘못을 눈감아 주는 아량도 베풀어야 한다.

나의 어머니는 돈부터 마음씀씀이에 이르기까지 모든 것을 자식에게 아낌없이 쏟아부었다.

나의 어머니는 자신이 가진 것을 자식들에게 모두 준다. 때로는 그 이상을 준다.

오직 어머니만이 자식들에 대한 올바른 직관을 가지고 있다.

*
5월 17일

오랫동안 심사숙고해 온 문제가 하나 있다. 내가 이렇게 지각없이 삶을 만끽하고 있는 이유가 과연 뭘까, 하는 것이다.

그건 내가 탄탄한 고향 땅에 두 발을 디디고 있기 때문이다. 내 주변에서는 흙냄새가 풍긴다. 내 안에서 농부의 피가 천천히 그리고 건강하게 솟구친다.

리하르트는 나를 실존적 인간이라고 부른다.

나는 혼자 좁은 골목길들을 지나 쉴로스베르크에 올라간다. 그곳에서 꽃이 만발한 5월의 따스한 밤공기를 흠뻑 들이마신다.

나는 해가 뜨면 일어나고 별이 뜨면 잠자리에 든다. 하루에 4시간만 자도 몸이 개운하고 기분이 상쾌하다.

*
5월 18일

점심시간에 조용한 옛날 공동묘지를 찾아간다. 앉아 있는 내 앞의 분수대에서 공기가 후텁지근한 허공을 향해 시원한 물줄기를 뿜어 올린다. 내가 앉아 있는 자리 위로 밤나무들이 커다란 그늘을 드리우고 있다. 초록색 이끼가 잔뜩 낀 묘비들 위로 담쟁이 넝쿨이 기어오른다.

지빠귀의 노랫소리! 그것 말고는 아무것도 망자들의 안식을 방해하지 않는다.

벌 한 마리가 윙윙거리며 날아다닌다.

나는 니체의《차라투스트라》에 나오는 기도문을 읽는다.

고요하고…… 또 고요하다.

삼라만상이 싹튼다. 판(Pan, 그리스 신화의 목양신—옮긴이) 신이여!

5월 20일

대학교 강의실에서 무슨 필기들을 이렇게나 많이 하는지. 내가 보기에는 말보다 필기가 더 많이 이루어지는 것 같다. 솔직히 말하면 배우는 것도 별로 없다. 강의실에는 늘 열정적으로 지식을 얻으려는 사람들이 있다. 하지만 창백한 얼굴, 지식인의 상징인 안경, 만년필, 책과 노트가 가득한 가방, 그게 전부다.

장차 국가의 지도자가 될 사람들이다!

그리고 여자들. 맙소사! 여자들 중에서는 문학에 관심이 있는 여자들이 그나마 견딜 만하다.

나는 존재 자체만으로도 충분히 위대한 그런 스승을 찾는다.

전문적인 학문은 오만함과 지루한 장광설을 배양한다. 거기에 빠지면 인간의 건전한 사고력은 대부분 파괴된다.

지성은 성격을 형성하는 데 있어 오히려 위험하다.

우리는 머릿속을 지식으로 꽉 채우기 위해 세상에 태어난 것이 아니다. 우리의 삶과 무관한 지식은 중요하지 않다. 우리는 운명이 시키는 것을 완수해야 한다. 진짜 남자들을 키우는 것, 그것이 대학 교육을 받은 자들이 완수해야 할 과제다.

우리는 단지 신이 우리에게 부여한 능력만을 발휘할 수 있다.

괴테가 이 세상에서 제일 위대한 인물인 까닭은 그가 독일인의 의식의 한계를 넘어섰기 때문이다. 하지만 괴테의 그런 면을 따라잡겠다고 나설 생각이라면 빨리 포기하는 것이 좋다. 스스로 괴테의 후계자임을 자처하는 것은 머리가 텅 빈 몽상가의 어처구니없는 주장일 뿐이다.

주피터에게 허락된 것은 소에게는 허락되지 않는다(Quod licet Iovi, non licet bovi!).

삶이 원래 그렇다. 설령 누가 《파우스트》를 달달 외울 수 있다 해도 그건 단지 그의 기억력이 탁월하다는 증거에 불과하다. 그런 기억력을 갖고 있다면 차라리 대수학(代數學)에 헌신하는 것이 나을 것이다.

*
5월 22일

늙은 교수가 원시 게르만족의 고향에 대해 이야기한다. 그의 강의를 서너 번밖에 듣지 않았음에도 벌써 똑같은 이야기를 몇 번이나 들었는지 모르겠다. 우리의 선조가 원래는 도나우 강 하류 혹은 흑해 연안에서 살았다는 이야기 말이다.

내 바로 앞자리에 어린 여학생이 하나 앉아 있다. 대단한 미녀다! 비단결 같이 부드러운 금발을 길게 땋아서 목덜미까지 늘어뜨렸다. 목덜미가 희고 노란 대리석으로 빚은 것처럼 아름답다. 그녀가 마치 꿈을 꾸듯 몽롱한 표정으로 창밖을 내다본다. 창문을 통해 한 줄기 햇살이 수줍은 듯 살그머니 강의실 안으로 비쳐 든다. 나는 그녀의 아리따운 옆모습에서 눈을 떼지 못한다. 도톰하게 솟아오른 이마. 이마 주변으로 흘러내린 곱슬머리 몇 가닥. 콧방울이 약간 넓어 보이는 길고 오뚝한 코. 그리고 그 아래 자리 잡은 부드러운 입술.

넋을 잃고 쳐다보고 있는데 갑자기 그녀가 내 쪽으로 고개를 홱 돌린다. 녹색과 회색이 뒤섞인 수수께끼 같은 눈동자가 나를 뚫어지게 쳐다본다. 다음 순간 그녀가 자세를 바로잡고 얌전하게 강의에 집중한다. 늙은 교수의 지루한 강의에 푹 빠진 것처럼 보인다. 이제 필기도 열심히 한다. 창문을 통해 스며든 발칙한 햇살이 빈자리 하나 없이 앉아 있는 학생들 머리 위에서 노닐다가 마침내 그녀의 금발 머리에 매달린다.

그녀가 손가락으로 머리를 쓸어내리자 햇살이 닿은 금발이 부드러운 황금색 비단처럼 반짝거린다.

저녁이다. 나는 창가에 서 있고 리하르트는 창문 옆에 놓인 나의 커다란 안락의자에 앉아서 내게 길게 강의를 늘어놓는다. 마르크스주의에 대한 설명인데, 그는 마르크스주의가 아주 합리적인 이론이라고 주장한다. 하지만 마르크스주의는 순전히 돈과 위(胃)에 관한 학설이다. 살아 있는 인간을 기계로 가정한다는 점에서 마르크스주의는 틀렸다. 뿐만 아니라 현실과도 거리가 멀고 부자연스러우며 억지로 꾸며 낸 학설이다. 이론상으로는 논리적으로 보일지 몰라도 실제로는 비논리적이다.

마르크스주의를 통해 해결할 수 있는 문제는 아주 적다! 정신적 폭은 몰라도 정신의 깊이는 없는 학설이다. 대체 마르크스주의가 지금 우리가 겪고 있는 고통과 무슨 연관이 있단 말인가?

내가 여자 문제로 화제를 돌려 보려 한다. 하지만 늘 그랬듯 똑똑한 리하르트는 여자 문제에 관해서도 할 말이 아주 많다.
여자가 저기 있으면 남자는 신경을 곤두세운다.
남자는 삶의 총감독이고 여자는 삶의 연출가다.
남자는 삶의 방향을 결정하고 여자는 삶에 색을 입힌다.

요즘 나는 왜 리하르트의 생각에 보조를 맞추지 못할까? 나는 지금 알 수 없는 소망들과 동경들의 바다에서 헤매고 있다.

드디어 혼자다. 나는 창가에 서 있다. 구름 한 점 없이 드넓은 하늘에 별이 총총하다. 정원의 나무들 사이로 부드러운 바람이 불어온다.

충만감이 나를 축복해 준다!

지친 세상 위로
밤이 떨리는 두 손을 펼치네.
창백한 하늘에
달이 반짝거리며 떠오르네.
나의 생각들이

마치 고독한 백조들처럼
별들을 향해 날아가네.

그녀의 금발 머리 위에 내려앉은 한 가닥 햇살……

*

5월 23일

강의 시간에 그녀의 옆자리에 앉는다. 그녀는 수줍은 표정으로 원시 게르만족은 도나우 강 하류에서 시작되었을지도 모른다는 강의 내용을 열심히 노트에 적고 있다. 나는 이미 알고 있는 내용이다. 그녀의 숨결이 약간 빨라지고 몸에서는 따스한 온기가 퍼져 나온다. 나는 그녀의 머리카락에 배어 있는 상큼한 향기를 들이마신다. 그녀가 무심히 내려놓은 손이 나와 닿을락 말락 할 정도로 가깝다. 길고 가느다란 손가락이 하늘에서 방금 내린 눈처럼 새하얗다.

수업 종료 벨이 울린다. 무례한 나는 재빨리 소지품을 챙겨 강의실을 나선다.

건물 밖으로 나오니 햇살이 따사롭다. 나는 테라스에 앉아 화사한 옷차림의 학생들이 오가는 모습을 구경한다. 웃음소리와 농담 소리. 간간이 토막 난 단어들이 내 귓가를 스치고 지나간다. 측정, 무거운 검, 현상학, 초월성, 역사적으로 입증된······.

*
5월 24일

헤르타 홀크. 그녀의 노트에 적힌 이름이다. 이름 하나 알았을 뿐인데도 벌써 그녀와 아주 가까워진 기분이다. 말 한마디 나눠 보지 않았지만 더 이상 낯설지 않다.

《빌헬름 마이스터》를 읽는다. 우리한테는 내용이 너무나 둥글고 너무나 광대하다. 이 책에는 모서리 같은 게 별로 없다.

예전에 프랑크푸르트의 괴테 생가를 찾아갔을 때 직원이 괴테가 어린 시절 여동생과 함께 뛰어놀았던 계단과 정원을 보여 준 기억이 떠오른다. 그때 나는 거의 눈물을 흘릴 뻔했다.

괴테의 방에는 지금도 여전히 로테 부프의 초상화가 걸려 있다. 프랑크푸르트에서 변호사로 일했던 소위 베츨러 시대 이후, 괴테는 점심을 먹으러 집에 돌아오면 식사를 하기 전에 먼저 계단을 뛰어올라 자신의 방으로 올라갔다. 그리고 그녀의 초상화 앞에서 모자를 벗고 인사를 건넸다. "안녕, 로테!"

우리 젊은이들은 괴테의 그런 모습을 사랑한다. 괴테는 종종 관료 사회를 몹시 견디기 힘들어했다.

성격도 예술의 일부다. 아름다운 시를 써라. 그렇지 않으면 참을 수 없는 인물이 된다. 그건 서로 어울리지 않는다.

아마 그래서 괴테가 아니라 쉴러가 독일의 국민 시인이 되었을 것이다.

우리는 〈마술피리〉보다 〈9번 교향곡〉을 더 사랑한다.

예술은 단지 능력만이 아니라 투쟁이기도 하다. 투쟁하는 사람들에게는 올림푸스의 신들이 아니라 거인족이 길 안내자다.

기적은 이제 일어나지 않는다. 우리가 더 이상 기적을 보지 못하기 때문이다.

가장 본질적 의미에서 기적은 시라 할 수 있으며, 민요에 비교할 수 있다.

네가 행하는 모든 것이 바로 너 자신이다.

돈이 떨어진다. 돈은 쓰레기다. 하지만 쓰레기는 결코 돈이 아니다.

*
5월 25일

내가 강의실로 들어서자 그녀가 당황하며 얼굴이 빨개진다. 나는 그녀의 자리에서 두 줄 뒤에 가서 앉는다.

한 시간이 영원처럼 길게 느껴진다!

*
5월 30일

헤르타 홀크와 나는 좋은 친구다.
오, 당신으로 인해 세상이 너무나 아름답다!
누군가를 사랑하는 마음이 우리를 신에게 더 가까워지게 만든다.
요즘 젊은이들이 신에게 저항한다는 말은 완벽한 거짓이다. 젊은이들은 앞뒤 가리지 않고 신을 이용해 제 이익만 챙기려는 비겁한 종교인들에게 저항하는 것이다.
신에 대한 자신의 입장을 결정하려면 먼저 그런 사람들과의 관계부터 명확히 정리해야 한다.

*
5월 31일

너무나 아름답고 깨끗한 토요일 아침이다. 나는 대성당까지 천천히 산책을 한다. 대성당 앞 거리에서 아름다운 슈바르츠발트의 여인들이 꽃을 팔고 있다.

화려한 색채의 향연이다. 근엄하고 위풍당당하게 높이 솟아 있는 적갈색의 대성당 앞쪽에 꽃 가판대와 여자들이 서 있다. 여자들은 까만 원피스에 빨간색 앞치마를 두르고 있다.

어느 가판대 앞에 헤르타 홀크가 서 있다. 꽃을 사러 온 것이다. 그녀는 꽃을 파는 늙은 노파와 이야기를 나눈다. 그녀가 무슨 말인가 하자 노파가 웃음을 터뜨리고 이어서 둘이 같이 웃는다.

헤르타 홀크는 줄기가 기다란 빨간색 카네이션을 세 송이 산다. 나를 발견한 그녀의 얼굴에 당혹감이 스친다. 그녀가 어색한 미소를 지으며 나를 향해 다가온다.

콜롬비-쉴로스헨 파크는 고요한 아침의 평화에 잠겨 있다. 이 시간에는 이곳을 찾는 사람이 아무도 없다.

햇살이 길 위로 따스하게 내리쬔다. 나무들 속에서 새 한 마리가 나직하게 노래를 부른다. 우리는 점심때까지 그곳에 앉아 있다.

헤르타 홀크가 자신의 집과 고향에 대해 이야기해 준다. 사람들이 부지런하고 굴뚝에서 연기가 피어오르는, 붉은 토양의 시골 마을이다. 그녀가 여덟 살 때 돌아가신 아버지와 아버지의 빈자리를 채우며 자식들을 키우느라 고생하신 어머니 이야기도 한다.

주어진 현실을 인정하고 그 속에서 최선을 다하는 위대하고 용감한 여인이다.

헤르타 홀크여, 당신 역시 어머니를 닮았나!

"내 전공이 뭐냐고요? 그건 당신한테 물어봐야 할 질문인 것 같은데요. 왜냐하면 법학과 예술은 접점이 없으니까요. 두 학문은 전혀 어울리지 않아요."

그녀가 웃는다.

"법학은 직업을 위해 선택했고 예술은 기쁨을 얻기 위해 선택했어요."

"왠지 직업이라는 단어를 안 좋게 말하는 것 같군요."

— 잠시 말이 중단된다.

"어떻게 생각해요?"

"사실 나는 아직 잘 모르겠어요. 오늘날 젊은 독일인에게 직업은 하나밖에 없어요. 조국을 책임지는 거죠. 우리는 4년 동안 묵묵히 그 책임을 수행했어요. 한번 습관을 들이면 버리기 힘든 법이죠. 참전했다 돌아온 젊은이들한테 제일 큰 갈등 요소가 바로 그거예요. 단번에 간격을 좁히기에는 참호에서 강의실까지의 거리가 너무 멀어요."

"당신은 공부를 그리 열심히 하지는 않죠?"

"강의실에서는 그런 편이죠. 맞아요! 하지만 나는 강의실이 아닌 다른 곳에서도 배움이 가능하다고 생각해요. 심지어 가장 단순한 일에서 가장 많이 배울 수 있어요. 우리가 삶을 복잡하게 만드는 것이지, 삶 자체는 그리 복잡하지 않아요. 눈만 제대로 뜨고 있으면 알 수 있는 일이에요.

우리가 가장 간단한 문제들을 너무 심각하게 보고 꼬치꼬치 따지면서 분석하는 바람에 일이 복잡해지는 거예요."

"당신은 시 쓰는 것을 좋아하죠?"

"왜 그렇게 생각해요?"

"그냥 그럴 것 같았어요. 시 쓰는 일은 당신한테 무척 잘 어울려요."

"맞아요. 시를 써요! 가끔! 물론 직업적으로 시인, 더 정확히 말하면 작가가 되고 싶은 생각은 없어요. 진짜 시인은 일상의 모습들을 찍는 아마추어 사진작가와 비슷하다고 생각해요. 시 또한 예술적 분위기에 빠진 영혼이 일상의 한 순간을 포착한 것이니까요. 예술은 감정의 표현이에요. 예술가가 일반인과 다른 점은 자신의 느낌을 표현할 줄 안다는 거예요. 어떤 사람은 그림으로, 어떤 사람은 음악으로, 어떤 사람은 글로, 어떤 사람은 조각으로 자신의 느낌을 표현하죠. 역사적인 형식들을 통해 표현하는 경우도 있어요. 정치가 역시 예술가라 할 수 있어요. 정치가에게 국민이 갖는 의미는 조각가에게 돌이 갖는 의미와 똑같아요. 지도자와 내중의 관계는 화가와 색깔의 관계처럼 그다지 문제가 되지 않아요.

회화가 색채의 조형 예술인 것처럼 정치는 국가의 조형 예술이에요. 따라서 국민이 없는 정치 혹은 국민에 맞서는 정치는 그 자체가 난센스예요. 대중이 모여서 국민이 되고 국민이 모여서 국가가 되는 거니까요. 그게 진정한 정치의 가장 심오한 의미예요. 정치는 절대 그것을 변질시키면 안 돼요. 그런데 가끔 보면 나쁜 성격으로 정치를 망치는 사람들이 그게 가능하다고 말해요."

"요즘도 그러나요?"

"요즘도 마찬가지예요! 지금 저 위에서 행하는 일들은 절대 정치가 아니에요. 그 사람들은 제 잇속을 차리기 위해서 국민들을 수단으로 이용하는 거예요. 우리 나라의 정치는 국민들과 아무런 내적 연관이 없어요. 어쩌면 정치 때문에 우리 나라가 멸망할지도 몰라요."

"하지만 예전보다는 나아졌잖아요?"

"예전보다 나아졌다고요? 아뇨, 그렇지 않아요. 오히려 더 나빠졌어요. 우린 명예와 의무를 더 이상 중시하지 않아요. 오로지 탐욕만이 논의의 대상이죠. 하지만 명예를 내팽개친 자는 제 욕심도 채울 수 없어요. 역사의 복수는 비록 더디게 이루어질지는 몰라도 그래서 더 무서운 법이에요."

"당신은 시도 짓고 정치도 하나요?"

"정치를 하냐고요? 그건 멍청한 질문이에요. 정치를 하는 것은 당연한 거예요. 아이를 세상에 태어나게 한 모든 아버지는 그것으로 이미 정치를 한 거예요. 소년을 남자로 만들어 준 세상의 모든 어머니들 역시 정치적인 존재예요.

말이 샛길로 빠졌네요! 정치를 직업으로 만든 것은 사람들이에요. 정치를 마치 배울 수 있는 어떤 대상인 것처럼 만들었다는 뜻이에요. 정치라는 직업을 더 잘 이해하고 더 잘 행한 사람들은 병사들이에요. 국회의원이라는 사람들이 의회에서 입으로만 떠들고 있을 때 병사들은 전쟁터에서 자신의 의무를 수행했어요."

"당신은 판단을 내릴 때 매우 가혹하군요!"

"이 정도는 가혹한 축에도 못 들어요. 삶의 주인이 되려면 삶을 있는 그대로 받아들여야 해요. 삶 역시 가혹하거든요."

"전쟁은 끔찍해요."

"그런 말은 해봤자 아무 의미가 없어요. 이성을 가진 인간이라면 누구나 그 말에 동의하니까요. 하지만 전쟁을 없애려는 것은 여자한테 출산을 금지하는 것과 마찬가지예요. 그것 역시 끔찍한 일이죠. 살아 있는 모든 것이 끔찍해요.

그러니 결국 우리가 할 수 있는 일은 전쟁에 대한 대비를 하는 것뿐이에요. 대비의 핵심은 다른 민족이 감히 우리의 생존권을 앗아 가려는 욕심을 품지 못하도록 국민들을 무장시키는 거죠."

"당신의 마음속에는 시인과 군인이 동시에 살고 있네요. 혹시 연주도 할 줄 알아요?"

"약간."

"그럼 내일 오후에 우리 집에 와서 연주를 들려주지 않을래요?"

"좋아요. 기꺼이 그러고 싶어요."

이 대화를 나눈 뒤 우린 헤어진다. 아직 한낮이다. 태양이 회색 아스팔트 위로 뜨겁게 내리쬔다.

작별 인사로 헤르타 홀크가 내게 카네이션을 한 송이 건넨다. 얼굴이 빨갛게 달아오르자 갑자기 몹시 당황한다. 그녀는 부끄러운지 악수도 하지 않고 고개만 살짝 숙인 뒤 재빨리 다음 모퉁이를 돌아 사라진다.

예술가는 재료에 형태를 부여한다는 점에서 신에 비견할 만하다.

예술가는 신의 일부다.

빛이 있으라 하시매, 빛이 있다!

예술이 밝은가? 가끔 예술은 거의 견딜 수 없을 정도로 무겁다.

예술은 사람의 마음을 흔들고 고양시켜야 한다. 예술은 승리이자 위로. 하지만 예술은 우리한테서 아무것도 면제해 주지 않는다.

예리코에서 예루살렘으로 가던 예수 그리스도처럼 나 역시 그들에 의해 습격당할 거라는 생각은 하지 않는다.

시대가 변하는 것이 아니라 사람들이 시대를 변화시킨다.

그리고 남자들이 역사를 만든다.

내가 헤르타 홀크를 사랑하는 걸까?

사랑이라는 단어가 놀랍도록 생경하게 느껴진다.

헤르타 홀크가 나의 사고를 유연하게 해준 덕분에 나는 더 자유롭고 더 명료하게 생각한다.

확실히 여자는 커다란 자극이 된다.

남자 셋이 지루해하며 앉아 있는데, 한 여자가 — 결코 미인이라고 할 수 없다 — 남자들에게 합류한다고 가정해 보라. 그럼 금세 분위기가 바뀐다. 왠지 모르게 마음이 들뜨고 활기가 생길 뿐만 아니라 위트가 샘솟는다. 또한 남자들은 경쟁적으로 여자에게 잘 보이려 애쓴다.

남자에게 여자는 마법의 지팡이나 마찬가지다.

내 책상 위에 놓인 빨간색 카네이션이 반짝거린다.

헤르타 홀크여!

*
6월 1일

헤르타 홀크가 브람스의 〈사포의 송가〉 알토 파트를 멋지게 노래한다. 이어서 내가 한밤중까지 슈베르트의 〈즉흥곡〉을 연주한다.

맨 마지막 곡은 휴고 볼프의 가곡이다. 〈조국이여, 너는 나의 유토피아〉

"너의 신성함 앞에서 너를 지키는 왕들이 머리를 조아리네."

이 완전한 가곡은 서서히 위대한 화음을 이루며 분위기가 고조된다. 왕들이 신성함 앞에 머리를 조아린다.

밤하늘에 별이 가득하다. 나는 곧바로 집에 돌아가지 않고 한참을 더 바깥에서 돌아다닌다. 가슴속에서 아까 연주했던 곡들과 화음들이 계속 메아리가 되어 울려 퍼진다.

마치 새로운 인생이 시작되는 것처럼 내 주위의 모든 것이 깨어난다.

헤르타 홀크여, 당신을 사랑합니다!!!

밤은 내 최고의 애인이다. 밤은 내 영혼 속에서 소용돌이치는 폭풍우를 잠재우고, 별들을 보내 내게 길을 안내해 준다.
날이 밝는다! 내 마음속에서도!

자그마한 내 방이 대리석 기둥들이 번쩍거리는 궁전이 된다.

전쟁은 삶에 대한 긍정의 가장 간단한 형태다.
어머니는 임신을 통해 아이에게 생명을 부여한다. 그리고 노인은 죽기 직전에 삶에 대한 애착이 단말마의 비명으로 터져 나온다. '나는 죽고 싶지 않아!' 인간이 이 세상에 태어나는 것도 전투이고, 이 세상을 떠나는 것도 전투다. 그리고 태어나서 죽을 때까지 여물통을 차지하기 위해 끝없이 전쟁을 치른다.
남의 것을 탐내는 사람한테서 내 것을 지켜 냈을 때 비로소 그것을 소유하고 있다는 것이 얼마나 큰 행운인지 깨닫는다. 일반적으로 사람들은 정복해서 얻어 낸 것이나 방어해서 지켜 낸 것의 가치를 높이 평가한다.
평화 역시 저절로 주어지는 것이 아니라 쟁취하는 것이다. 물론 나뭇잎이 아니라 칼을 이용해서.
사회주의를 조직화된 비겁한 문제로 만들어 버린 것, 그게 공화국 지도자들의 가장 큰 죄악이다.
인간의 얼굴을 한 자들은 모두 똑같다고? 멍청이들이나 멍청한 행동을 하는 자들만이 그렇게 말한다. 일부는 실제로 그렇게 믿기 때문이고, 일부는 그런 말로 돈을 벌기 때문에 그렇게 말하는 것이다.

자연 자체는 민주적이지 않았다. 우주 전체를 통틀어 봐도 자연은 결코 똑같은 두 개의 생명체를 만들지 않는다.

자연은 삶의 영원한 스승이다. 자연은 결코 계략으로 이길 수 없다. 자연이 한두 번쯤은 재미 삼아 속아 줄 수도 있다. 하지만 그 다음에 자연은 더욱 처절하게 복수한다.

자연의 형태는 바뀔 수 있다. 하지만 그 내용은 절대 바뀌지 않는다.

국가는 국민성이 모여 어떤 조직을 갖춘 것을 말한다.

또 국민성은 한 민족에 속하는 모든 사람들이 일상에서 보여주는 총체적인 모습을 가리킨다. 국가는 국민들의 총체적인 삶을 보호하기 위해 의도적으로 만들어진 조직과 다름없다. 따라서 국민 없는 국가 혹은 국민에 맞서는 국가는 사람을 배제한 옷 혹은 사람의 의사에 반하는 옷과 마찬가지다. 한마디로 난센스다.

대체 사회주의가 공화국과 무슨 연관이 있는가? 사회주의적 군주국도 있고 자본주의적 공화국도 있다.

사회주의자가 된다는 것, 그것은 내가 너에게 복종하고 개인이 전체를 위해 희생해야 된다는 뜻이다. 사회주의는 기본적으로 봉사를 의미한다. 즉 개인적인 것을 포기하고 전체의 요구에 따르라는 것이다.

프리드리히 대왕은 왕좌에 앉아 있는 사회주의자였다.

"나는 국가의 첫 번째 하인이다." 프리드리히 대왕의 사회주의자 선언문이다!

폭도들은 이렇게 말한다. 사유 재산은 장물이라고. 하지만 뛰어난 인물은 이렇게 말한다. 누구나 사유 재산을 가질 수 있다고.

너희들은 모두 자본과 자본주의를 혼동하고 있다. 자본주의는 자본을 악용하는 것을 말한다. 자본을 타도하라고? 아니다, 자본주의를 타도하라!

나는 믿는다, 고로 나는 존재한다.

늑대들과 함께 울부짖어야 한다고? 정말 그래야 할까? 나는 그럴 생각이 전혀 없다.

만약 신이 자신의 모습을 본떠 나를 만들었다면 나는 신의 일부다. 오, 신이여!

내가 신을 더 크고 더 훌륭하게 만들수록 나 역시 더 크고 더 훌륭해진다.

마치 누군가 시계추를 정지시켜 놓은 것처럼 내 마음속에서도 모든 것이 고요하게 정지돼 있었다.

그런데 이제 시계의 톱니 장치가 맞물리면서 시계추와 바늘들이 움직이기 시작한다.

내 안에서 모든 것이 느슨해진다. 그러자 마치 날아가는 꽃가루처럼 생각들이 가벼워진다.

*
6월 3일

내 방 창문을 통해 햇살이 비쳐든다. 나는 창가에 서서 유리처럼 투명한 아침을 내다본다. 꽃이 만발한 정원 위로 나의 온갖 소망과 동경이 낙화처럼 나풀거리며 떨어진다.

만약 당신이 장미꽃을 꺾기 위해 이곳을 찾아온다면 금세 발견할 것이다. 꽃을 꺾은 다음 집으로 가져가 하얗게 반짝거리는 당신의 책상 위에 올려놓을 수도 있다. 장미꽃은 아침 내내 사랑스러운 향기를 내뿜을 것이다.

*
6월 8일

성령 강림절! 들판에 꽃이 흐드러지게 피었다!
헤르타 홀크는 보이론에 있다!

사랑에 빠진 사람에게 겉치레 생각이 무슨 도움이 되겠는가?

*
6월 10일

투틀링겐에서 두 시간 체류한다. 도무지 무슨 정신으로 여행을 떠나왔는지 모르겠다.

헤르타 홀크를 만나야 한다는 생각뿐이다!

보이론! 고독! 수도원의 정적!

먼지투성이 시골길 위로 한낮의 햇볕이 뜨겁게 내리쬔다. 나는 오랫동안 헤르타 홀크를 기다리고 있다. 그녀는 저녁이 되어서야 비로소 산책에서 돌아온다. 나를 발견한 그녀의 얼굴에 실망, 놀라움, 당혹감이 차례로 스쳐 지나간다. 그리고 마지막으로 기쁨이 떠오른다. 한없는 기쁨이. 우린 아주 오랜 친구처럼 인사를 나눈다. 그리고 빵으로 저녁을 먹은 뒤 마을의 한쪽 구석에 있는 교회에 들어가 앉는다. 멀리서 예배 소리와 찬송가 소리가 들린다. 수도사들이 저녁 예배를 드리나 보다. 잠시 후 고요가 찾아온다. 주위가 놀랍도록 고요하다!

해는 벌써 졌다.

주위에서 아무 소리도 안 들린다. 우리 역시 침묵하고 있다.

붉은 노을이 지던 고향 집의 여름날이 생각난다. 어렸을 때 나는 해가 지는 광경을 조금이라도 더 가까이서 보기 위해 종종 한 시간 정도 들판을 달려가곤 했다.

어딘가에서 문 닫히는 소리가 들린다. 남자의 목소리, 이어지는 여자의 목소리. 아이들의 기도 소리! 우리 주 예수 그리스도여! 그리고 다시 조용해진다. 놀랍도록 고요하다!

대지 위로 밤이 검은 날개를 활짝 펼친다.

"나는 저녁마다 이곳에 앉아 있어요. 그럴 때면 폭풍 전야의 고요함이 이런 게 아닐까, 하고 느껴요."

말이 중단된다.

"바깥세상에서 우리는 하루를 너무 분주하게 보내죠."

"그리고 분주함에서 잘 벗어나지 못해요."

"그러다 갑자기 세상이 너무 엄숙하고 고요해진 것을 깨닫고는 화들짝 놀라죠."

"우린 번민하는 불쌍하고 분열된 존재가 되어 버렸어요. 시간이 우리의 심장에 구멍을 내버렸으니까요."

"그래도 우린 점점 구원에 가까워지고 있어요."

"우린 이미 많은 고난을 이겨 냈어요. 앞으로도 또 더 많은 고난을 이겨 내야 하고. 우리가 아직 젊은 것을 신에게 감사드려야 해요."

우린 한동안 침묵하며 그냥 앉아 있다. 날이 서늘해진다. 우린 천천히 숙소를 향해 걸어간다.

"안녕, 잘 자요."

잠시 침묵이 흐른다.

"오늘 당신이 이렇게 찾아와 줘서 얼마나 기쁜지 모르겠어요."

그 말을 남기고 그녀가 위쪽으로 사라졌다.

나는 그 자리에 선 채 별이 총총한 밤하늘을 올려다본다. 머리 위에서 창문이 하나 열린다. 내 숨소리가 귓가에 들리는 듯하다.

밤이 너무 고요하다.

어딘가에서 전등이 켜졌다 다시 꺼진다. 저 아래쪽에 있는 수도원이 마치 거대한 회색의 덩어리처럼 보인다. 종탑에서 새벽 2시를 알리는 종이 울린다. 나는 옷도 갈아입지 않고 그대로 침대에 드러눕는다.

밤이 왔다!
나는 침대에 누워
꿈을 꾼다.
눈을 뜬 채로
어둠 속을 향해.
그리고 달콤한 향기를
흠뻑 들이마신다.
어딘가에서 나이팅게일의 울음소리가 들린다.
나는 기다린다, 기다린다, 기다린다.

잘 자요, 헤르타 홀크!

*
6월 11일

그녀는 수도원 입장을 허락받지 못했다. 할 수 없이 나 혼자 안내 신부를 따라 길고 흰 회랑을 걸어간다. 벽에 섬세한 벽화들이 그려져 있다. 보이론 수도원의 벽화들. 색은 약간 바랬지만 훌륭한 예술이다. 묘하게 사람의 마음을 끈다.

도서관에 책이 끝도 없이 꽂혀 있다.

신부 한 사람이 도서관에서 공부를 하고 있다. 그는 단 한 번도 고개를 들지 않는다. 갸름하고 선이 날카로운 얼굴이 창백하다.

나를 이곳까지 안내해 준 신부님에게 감사 인사를 전한다. 그가 내게 악수를 청한다. 그리스도여, 찬미 받으소서!

바깥은 벌써 날이 훤히 밝았다. 밤새 내린 비 덕분에 모든 것이 신선하고 꽃도 활짝 피었다.

헤르타 홀크가 하얀 원피스를 입은 우아한 모습으로 수도원 정원 옆에 서 있다. 기묘한 대조!

우리는 들판을 산책한 뒤 정오까지 산비탈에 앉아 시간을 보낸다. 거기서는 계곡이 한눈에 내려다보인다.

나는 고백하고 싶다. 하지만 그녀가 간절한 눈빛으로 나를 만류한다. 말하지 말아요! 아직은 안 돼요!

그녀의 마음을 이해한다.

우리는 숙소로 돌아온다.

점심을 먹은 뒤 나는 열차 시간을 확인한다. 정각 3시에 출발하는 열차다. 그녀가 나를 배웅하기 위해 기차역까지 따라온다.

작별 인사를 할 때 그녀가 내게 보이론 미술 학교에서 나온 작은 그림을 선물한다. 가시 면류관을 쓴 예수의 그림이다. 선이 부드럽고 아름답다. 명료하면서도 단순한 선. 그림이 마치 부적 같다.

마지막으로 악수를 나누고 손을 흔든다.

나는 열차에 올라탄 뒤 창문을 통해 그녀의 모습을 오랫동안 쳐다본다. 그녀가 생각에 잠겨 고개를 푹 숙인 채 천천히 한 걸음씩 밖을 향해 걸어간다.

열차 양옆으로 들판이 계속 이어진다. 곡식들과 꽃들이 보인다. 마치 꽃이 만발한 정원 한가운데를 통과하고 있는 느낌이다.

*
6월 12일

린다우 시의 사자상(象) 옆에 앉아 멀리서 유리처럼 반짝거리는 보덴제 호수의 물결을 한참 동안 쳐다본다.

헤르타 홀크를 생각한다.

그런 다음 오래된 집들이 길게 줄지어 있는 비좁은 골목길들을 돌아다닌다.

점심을 먹으며 호수를 내려다본다. 호텔에 사람이 북적거린다. 귀부인들이 비명을 지르고, 새된 소리를 지르고, 웃고, 수다를 떤다. 내 테이블에 러시아 대학생이 한 명 앉아 있다. 그는 나랑 같이 메어스부르크까지 간다.

우리 배는 정각 3시에 출발한다.

*
6월 13일

메어스부르크. 성 바로 옆에 있는 작은 여관에 방을 잡는다. 이곳은 안네테 폰 드로스테(19세기 독일의 시인—옮긴이)가 살았던 곳이다. 나는 넓은 도로를 따라 그녀의 묘지로 걸어 올라간다. 철제 창살에 둘러싸여 있는 작은 묘비. 그냥 돌 비석이다. 담쟁이덩굴이 비석에 마구 들러붙어 있다. 이곳에 독일의 여류 시인이 잠들어 있다.

"안나 엘리자베트 폰 드로스테 휠스호프.
주님께 영광을!"

묘비에 그렇게 적혀 있다.
무덤 위에 빨간 장미꽃 다발과 쪽지가 놓여 있다.
쪽지에 이렇게 적혀 있다. "위대한 여류 시인에게 감사드리며, 뮌헨에서 온 휴학생 일동!"

나는 성에 올라가 그녀의 방을 둘러본다. 방 안에 아직 그녀의 향기가 남아 있는 듯하다. 발코니로 나가 바다를 내려다본다. 바다가 조용히 석양빛으로 물들어 있다. 아마 그녀는 종종 이 자리에 서서 동경 어린 눈빛으로 눈 덮인 알프스 산맥을 쳐다봤을 것이다.

저 너머에 이탈리아가 있다!

나는 작은 배를 타고 천천히 호수 가운데로 들어간다. 이미 해는 졌다.

> *배에 노를 끼우고*
> *끝없이 젓는다.*
> *영원한 호숫가를 향해서.*
> *달빛이 내 돛 위에서*
> *푸른색으로 부서진다.*
> *내 배는 미끄러지듯*
> *안전한 항구를 향해 들어간다.*
> *잔물결들이*
> *뱃전에 살짝 부딪친다.*
> *사방이 너무 고요하다.*
> *세상에서 제일 깊은 적막이다.*
> *나의 영혼이*
> *별까지*
> *황금 다리를 놓는다.*

*
6월 14일

    나는 휴식차 이곳에 며칠 머물 작정이다. 이곳의 돌멩이들과 나무들 냄새를 전부 다 맡아 보고 싶다. 이곳에서 살며 시를 쓴 사람을 생각하는 것이 내게 커다란 위안이 된다. 행복하고 만족스럽다.

    헤르타 홀크여, 나는 기쁜 마음으로 당신을 생각하노라!

    아침 내내 호숫가에 앉아 가장 심오한 일에 몰두한다. 신과의 대화.
    나는 궁극적으로 진실이 거짓보다 더 강하다고 믿는다.
    이 최고의 시간에 나는 스스로를 믿는다.
    우리가 무엇을 믿느냐는 것은 그다지 중요하지 않다. 중요한 것은 단지 우리가 믿는다는 사실이다.

    내 마음속에서 오래된 믿음의 세계를 파괴하려 한다. 나는 그것을 완전히 파괴할 작정이다. 그런 다음 새로운 세계를 세울 것이다. 밑에서부터 한 조각씩 차곡차곡 쌓아 올릴 것이다. 힘든 시간에 나는 그것을 실행에 옮긴다. 다른 신을 얻고자 나 자신과 싸우는 것이다.

나는 꽃잎이 살랑거릴 때 신의 목소리를 듣는다. 영원한 변화 속에서 신의 지배를 느낀다. 그리고 아침에 해가 뜨는 것을 보며 신에게 기도한다.

신 앞에서 예술은 좋다.
신은 의지다. 의지는 신을 사랑한다.
나의 신은 힘의 신이다. 이 신은 자욱한 향냄새를 좋아하지 않는다. 또한 사람들이 굴욕적으로 머리를 조아리는 것도 좋아하지 않는다.
나의 신 앞에서 나는 그가 나를 창조한 모습 그대로 자랑스럽게 고개를 들고 서 있다. 그리고 기쁘고 자유롭게 내 마음을 고백한다.
진실한 독일인은 한평생 신을 찾는다.
그 얼마나 힘이 들겠는가.
러시아 대학생의 이름은 이반 비누로프스키다. 뮌헨 대학에서 철학을 공부한다. 그는 여관에서 내 옆방에 묵는다. 우리는 함께 앉아 담소를 나눈다. 그가 러시아에 대해 이야기한다. 러시아 사람은 진짜 열정적이다. 러시아 사람은 자신들의 미래를 믿고 있다.
그가 나에게 도스토옙스키의 《백치》를 빌려준다. 우리는 밤늦게 헤어진다.
내 방 창문이 열려 있다. 여관 앞에 보리수나무 한 그루가 아치를 이루며 서 있다. 보리수나무의 가지들이 내 방까지 뻗어 있다. 달빛이 방 안으로 스며든다. 달빛에 방바닥에 있는 누런 얼룩이 몇 개 드러난다.

삼라만상이 전부 잠자리에 들었다. 저 아래, 보리수나무 밑에 놓인 벤치에 한 쌍의 연인이 앉아 있다. 그들은 쿡쿡 웃으며 사랑을 속삭인다.

*
6월 15일

헤르타 홀크한테서 온 편지.

"우리 며칠 후에 다시 만나요. 분명하고 확실한 마음으로, 투쟁하고 결단할 용기를 갖고서. 당신이 이곳에 없는 게 너무 아쉬워요. 독일의 여류 시인에게 내 인사를 전해 주세요. 사랑하는 안나 엘리자베트 폰 드로스테-휠스호프 말이에요. 나는 평화로운 이곳에서 벗어나 다시 세상 속으로 돌아갈 날을 고대하고 있어요. 이 지상에서 우리 인간은 고향을 잃은 사람들이에요. 하여 우리는 그 어디에서도 안식을 얻을 수 없어요.

나는 마음의 안정과 명료함을 얻으려 이곳에 왔고, 마침내 그것을 찾았어요. 그리고 이제 나는 우리가 해야 할 과제를 믿는 한 우리 젊은이들은 결코 무너지지 않는다는 것을 믿어요. 이 말의 진정한 의미는 '오로지 믿음만이 우리를 행복하게 만든다'는 거예요.

나는 들꽃으로 꽃다발을 만들어 안네테의 무덤에 가져다 놓았다.

아름다운 일요일이다. 거룻배를 타고 거울처럼 투명한 보덴제 호수의 물결 위에서 노닐면서 도스토옙스키의 《백치》를 읽는다.

주인공 미쉬킨 백작은 심리가 불안정하고 행동을 종잡을 수가 없고 우스꽝스럽기 짝이 없는 인물이다. 한마디로 말해 백치다. 하지만 그게 바로 러시아인이며, 그게 바로 러시아인의 커다란 비극이다.

많은 사람들에게 기독교는 종교가 아니다. 그러니 모든 사람들의 종교가 아님은 말할 필요도 없다. 기독교는 소수의 사람들이 믿고 실천하는 종교로서, 문화인이 피운 가장 귀한 꽃이다.

미쉬킨 백작은 화를 잘 내고, 집요하고, 갑작스럽고, 끊임없이 음모를 꾀하고, 기다리고, 희망하고, 한없이 사악하면서 한없이 착하고, 마음속에 가장 깊은 열정이 가득하고, 온화하고 부드럽고, 진실에 열광하듯 거짓에도 환호하고, 때 묻지 않은 젊음을 간직하고 있고, 그러면서도 깊이와 슬픔과 유머와 고통과 동경이 풍부한 사람이다. 그게 바로 미쉬킨 백작의 영혼이자 러시아의 영혼이다.

도스토옙스키는 열정에서 열정으로, 문제에서 문제로, 그리고 깊이에서 깊이로 질주한다. 그는 비등하듯 끓어오르는 고통과 욕망, 일그러진 인간 군상, 부자연스러움, 인종, 타락, 파멸과 천재성, 광기와 멍청함을 전부 다 다룬다. 그의 작품에는 태양처럼 명료하고 순수한 것부터 병적일 정도의 우스꽝스러운 것까지 모든 것이 다 들어 있다.

러시아인은 태어날 때도 싸우고 죽을 때도 싸우는 위대한 인종이다. 그들은 마치 병상을 지키고 서 있는 사람들 같다. 위기가 다가오고 있음을 느끼는 것이다.

도스토옙스키는 과감하게 자신의 시대보다 몇 걸음 앞서 나갔다. 러시아 사람들은 혼란과 불안을 느끼면서, 또 어느 정도 불신감을 가지고 도스토옙스키를 따라간다. 그럼에도 불구하고 그를 따르는 것이다. 도스토옙스키가 러시아 사람들을 느슨하게 풀어 주지 않기 때문에 그를 따라갈 수밖에 없다.

우리는 그의 작품에서 모든 것을 발견한다. 자연주의를 비롯해 표현주의, 관념론, 회의론은 물론이고 사상이라고 이름 붙일 수 있는 모든 것이 다 들어 있는 것이다. 하지만 사실 도스토옙스키가 모든 것을 안다고 말할 수는 없다. 그는 단지 그 이름들만을 알 뿐이다.

도스토옙스키는 자신이 직접 눈으로 목격한 것을 글로 옮긴다. 그의 머리와 영혼 속으로 들어와 그의 악마성에 불을 붙이는 것들이다. 그가 그런 글을 쓴 이유는 언젠가 그것이 19세기의 중요한 사건들이 될 수도 있기 때문이다. 하지만 그것들은 정치적으로는 아직 배아 상태에 불과하다. 도스토옙스키가 글을 쓰는 이유는 러시아를 사랑하기 때문이며, 낯선 것, 즉 서방 국가에 대한 증오가 그의 영혼을 활활 불타오르게 만들기 때문이다.

우리는 그를 그냥 기인이라고 생각하면 된다. 도스토옙스키 같은 사람은 어디에도 없다. 또한 그는 어디에도 속하지 않으면서도 항상 러시아인으로 남아 있다.

그의 소설은 스케일이 큰 서사시다. 그런데 내용은 우스꽝스럽고 소소하고 무의미하다. 때로는 아무 내용이 없다. 독자는 행간들 사이에서 모든 것을 찾아내야 한다.

그의 소설의 결말은 오직 예감과 추측으로만 해석할 수 있다.

그의 작품은 한마디로 외양은 화려하지만 속은 부실한 싸구려 장식품으로, 앞을 향해 질주하는 러시아의 국민성이 고스란히 드러나 있다.

지금 이 일기장에 어렵사리 정리해 놓은, 도스토옙스키에 대한 나의 판단을 이반 비누로프스키에게 토로하자 그가 빙그레 미소를 지으며 자신의 생각을 밝힌다. 다음은 그의 신앙 고백이자 복음서이다.

"우리 선조들이 그리스도를 믿었듯이 우리는 도스토옙스키를 믿습니다."

옛날 러시아는 물론이고 새로운 러시아 역시 유럽의 커다란 골칫거리가 아닐 수 없다. 러시아는 과거인 동시에 미래다. 문제는 러시아에 현재가 없다는 사실이다. 현재의 러시아는 농도 짙은 양잿물이 들어 있는 거품이기 때문이다. 현재 러시아에서 러시아의 커다란 수수께끼의 해결 방안이 태동하고 있다. 도스토옙스키의 정신은 미래를 품은 채 꿈꾸는 듯 고요한 러시아의 땅 위를 떠돌고 있다. 만약 러시아가 잠에서 깨어나면 세상은 국가적인 기적을 보게 될 것이다.

국가적인 기적이냐고? 맞다, 그건 국가적인 기적이다. 정치적 기적들은 단지 국가적인 기적 안에서만 일어난다. 세계적 기적들은 단지 머릿속에서만 가능한 것으로, 피와는 대립된다. 한 민족의 기적은 머릿속에서 일어나는 것이 아니라 핏속에서 일어나는 것이다.

러시아에서는 유대인의 속임수, 비겁한 유혈 테러, 대중들의 무한한 인내심이 전부 뒤섞인 것을 세계적이라고 말한다. 한 남자의 — 레닌이다 — 강렬한 의지를 통해 그것이 세계적인 정치 영역으로 진입했다.

레닌이 없었으면 볼셰비즘도 없다.

다시 한번 말하건대, 역사를 만드는 것은 남자들이다. 나쁜 역사도 마찬가지다.

그들이 러시아에서 농부들을 해방시켰다. 정말인가? 맞다, 그렇게 할 수밖에 없었기 때문이다. 그런데 그것은 결코 마르크스주의는 아니다.

"사유 재산은 절도다!" 강직한 계급 투쟁가는 그렇게 말했다. 그런데 레닌은 러시아의 모든 농부들에게 땅을 나눠 주었다. 그 이후 러시아에는 수백만 명의 도둑이 살고 있다.

이반 비누로프스키는 말투가 아주 부드럽고 조심스럽다. 하지만 그의 말 속에는 엄청난 힘이 활활 타오르고 있다. 우리는 몇 시간 동안 계속 논쟁을 벌인다.

6월 16일

리하르트한테서 편지가 왔다.

"세상은 하나의 거대한 극장일 뿐이다. 사랑하는 신이 총감독이다. 왕들, 군주들, 정치가들, 자본가들은 무대 감독이고 시인과 예술가들은 무대의 주인공인 연기자들이다. 그리고 우리는 엑스트라다. 그것도 다섯 번째 그룹에 속하는 엑스트라."

내가 묵고 있는 여관에 라인란트 출신의 뚱뚱한 교장 선생님 두 사람이 도착했다. 그들을 보고 비누로프스키가 조롱하듯 말한다. 저런 유형의 인간은 단지 독일에서만 배출될 수 있다고. 그 말을 들으니 기분이 안 좋다. 그건 사실이 아니다.

물론 저런 유형의 인간이 현재 우리 독일이 겪고 있는 불행에 큰 책임이 있는 것은 사실이다. 하지만 그들에게는 과뿐만 아니라 공도 있다.

우리 독일인은 지나치게 생각을 많이 한다. 독일의 속물 지식인들이 우리한테서 정치에 대한 직관 능력을 앗아 갔다.

우리는 세상에서 가장 지적인 국민이다. 하지만 유감스럽게도 가장 멍청한 국민이기도 하다.

비누로프스키가 전쟁과 러시아 혁명에 대해 이야기한다. 어찌나 많이 들었는지 지겨울 정도다. 거의 억지를 부리는 것 같다. 가끔은 지금 나한테 화를 내는 건가, 하는 생각이 들기도 한다. 하지만 그건 단지 러시아에 대한 그의 원한이 그만큼 크기 때문이다.

나는 미래의 독일에 대해 이야기한다. 독일은 아직 독일 정신과 권력 의지의 르네상스를 맞이할 의지와 힘을 갖고 있다는 내 말을 비누로프스키는 믿지 않는다.

비누로프스키는 가당찮게도 독일인에게 그런 게 있을 리 없다고 주장한다. 하지만 타당한 이유를 하나도 대지 못한다.

외국인들은 현재 독일의 상황이 어떻게 돌아가고 있는지 알지 못한다. 우리 젊은이들은 아직까지는 생각만 품고 있다. 당연한 일이다. 하지만 조금씩 성숙하고 있어 조만간 생각을 행동으로 옮길 수 있을 것이다. 우리에게 필요한 것은 단지 시간뿐이다. 우리는 아직 끝나지 않았다.

우리 젊은이들은 더듬거리며 조금씩 앞으로 나아간다. 전쟁이 끝난 이후에 우리는 한동안 감각이 마비되어 있었다. 하지만 지금은 모든 것이 다시 원활하게 돌아가고 있다.

대중들은 어떠냐고? 아, 그들은 단 한 번도 끓어오른 적이 없다. 모든 혁명은 — 현재 우리가 겪고 있는 것은 규모가 큰 일종의 문화 혁명이다 — 항상 소수에 의해 이루어진다. 대중들은 함께 휩쓸려 갈 뿐이다.

혁명은 창조적인 행위다. 혁명은 무너진 시대의 마지막 흔적들을 지워 내고 미래를 향해 길을 열어 준다.

전쟁이 바로 혁명의 시작이었다. 하지만 전쟁을 통해 혁명이 완성되지는 못했다. 전쟁 막바지에 사람들이 혁명을 변조하고 왜곡하고 전락시켰기 때문이다. 그래서 젊은이들이 당장은 패배했다.

무엇이 중요하냐고? 노동이 돈을 상대로 봉기하는 것이다. 노동의 버팀목은 피고 돈의 버팀목은 황금이다. 전쟁은 노동이 돈을 상대로 봉기한 20세기 혁명의 서막이다. 우리의 관심사는 제2막 또는 제3막에서 승리하는 것이다.

혁명은 먼저 새로운 사람을 만들고, 그 다음에 새로운 시대를 만든다.

사회적인 궁핍에서부터 변혁이 시작되는 것이 아니라 혁명적인 인간이 변혁을 이끌어 내는 것이다. 사회적인 궁핍은 거기에 단지 힘을 보태는 것뿐이다. 혁명가는 자신의 정치적인 목적을 달성하기 위해 변혁을 시도한다.

새로운 것을 형성하려면 먼저 기존의 것을 파괴해야 한다. 돈을 보호하면서 노동을 해방시킬 수는 없다.

병사들은 위대한 전쟁을 수행하고 집으로 돌아왔다. 그들이 무기를 집어 든 것은 새로운 국가를 건설하고자 하는 의지 때문이었다. 하지만 전선 너머에서는 사기꾼들이 이미 옛 제국의 파편들을 끌어모아 새로운 형태라며 사람들을 속이고 있었다. 병사들은 총검을 들고 그들에 맞섰다.

최악은 우리가 전쟁에서 패배한 것이 아니라 혁명을 사취당한 것이다. 그것은 정말 참을 수 없다.

※
6월 17일

마지막으로 안네테의 무덤을 찾는다. 폭우가 쏟아진다.
"폭풍과 폭우 속에 해가 졌네."
내 마음속에서 브람스의 가곡이 울려 퍼진다. 드디어 메어스부르크와 작별한다.
비누로프스키는 이곳에 며칠 더 머물 예정이다. 우리는 악수를 나눈다.
"뮌헨에서 다시 만납시다."
그가 기념이라며 내게 《백치》를 선물한다.
책 안쪽에 멋진 글씨체로 이렇게 적혀 있다. "이반 비누로프스키, 모스크바"
뱃고동 소리가 울린다. 우중충한 빗속에 메어스부르크가 서서히 멀어진다.

내 심장이 더 빨리 고동친다. 내일이면 다시 도시로 돌아간다.
헤르타 홀크여!

배가 콘스탄츠(독일 보덴제 호반의 도시 이름 — 옮긴이)에 도착한다. 낡은 공회의장 건물과 후스 하우스가 보인다. 나는 항구에 서서 동경 어린 눈빛으로 바다를 바라본다. 항구는 노동자들과 오가는 행인들로 북적거린다. 전진하라, 전진하라!

*
6월 18일

노래하라! 호엔트빌 요새여! 반항적이고 거친 에케하르트여! 행복한 고등학교 시절에 대한 추억.

서서히 날이 저문다. 열차가 어두운 전나무 숲을 통과한다. 저 멀리서 불빛들이 반짝거린다. 도시다!

밤늦게 도착한다. 마치 제2의 고향에 온 기분이다. 나는 걸어서 그녀의 집 앞을 지나간다. 그녀의 방 창문이 열려 있다. 그녀가 방에 있다는 뜻이다. 잠시 걸음을 멈춘다.

내 책상 위에 쪽지가 하나 놓여 있다.

"내일 당신을 기다릴게요. 벌써부터 마음이 설레네요. 헤르타 홀크."

나는 피곤에 지쳐 곧바로 침대 위로 쓰러진다.
드디어 집에 도착했다!

*
6월 19일

성체 축일이다. 축제 행렬이 거리를 돌아다닌다. 알록달록한 색깔들, 깃발들, 찬송가 소리와 기도 소리. 하얀색 옷을 입은 아이들, 화려한 색상의 슈바르츠발트 전통 의상을 입은 아가씨들, 진지한 표정의 품위 있는 남자들, 나이 든 귀부인들.

새파란 하늘에 높다랗게 떠 있는 태양.

대성당 옆에서 그녀를 발견한다. 부끄러움과 당혹감이 엄습한다.

"벌써 와 있었네요!"

"네!"

"오늘은 날이 정말 화창해요!"

"맞아요. 그리고 사람들이 전부 축제를 즐기고 있어요."

잠시 말이 끊어진다.

헤르타 홀크여, 당신이 오늘 얼마나 예쁜지 아는가!

오후에 우린 교외로 나간다.

여름날의 열기와 먼지를 뚫고서.

침묵이 이어지는 긴 저녁 시간.

휴식! 안도감!

마음속 가득히 행복감이 차오른다. 제발 이대로 시간이 멈추었으면!

*
6월 21일

"미하엘, 당신은 관념론자예요. 여자들과의 관계에서도 그건 마찬가지예요."

"나는 사물을 보이는 모습 그대로 받아들여요. 악에 설득당하기 전에 선을 믿는 거죠. 하지만 이성에 의지해 그렇게 하는 것이 아니라 단지 느낌으로 그걸 아는 거예요."

"당신은 눈에 보이는 현상 너머의 것을 볼 줄 아는 소수의 사람들에 속해요. 당신은 늘 연관성 속에서 판단하죠. 나는 그것을 유기적 사고라고 말하고 싶어요. 그런데 가끔은 당신도 외견상 별로 중요하지 않아 보이는 사소한 것을 놓칠 때가 있어요. 그래 놓고는 부당하게도 그것에 반대하죠. 그럴 때면 왠지 당신이 낯설어 보여요. 당신은 종종 근본적인 것을 놓쳐 버려요. 삶은 아주 특별해요."

"나는 마땅히 해야 될 생각과 행동을 현실에서 그대로 수행할 뿐이에요. 짐승이 아니라 인간이라면 누구나 그렇게 해야 하죠. 우리의 마음속에는 정해진 길로 우리를 이끌어 가는 수호신이 살고 있어요. 우리는 절대 거기에 저항할 수 없어요. 그래서 그런 거예요."

"당신은 정치도 예술적으로 생각하네요. 그건 때로 당신의 삶과 출세에 위험 요소가 될 수도 있어요."

"출세라는 게 무슨 뜻이죠? 나는 여전히 노동할 수 있는 건강한 두 팔이 있어요."

대화가 잠시 중단된다.

"당신은 여자 역시 본래의 모습과는 다르게 봐요.

스스로 그 여자를 갖고 싶은 마음이 들 만큼 여자를 미화하는 거예요. 하지만 그렇게 할 경우 언젠가는 실망하게 될 거예요. 여자는 천사도 아니고 악마도 아닌 인간이에요. 그것도 대부분 별로 중요하지 않은 인물이요. 게다가 여자는 가장 비참한 사명을 완수해야 해요. 남자들이 삶을 지배하는 반면에 여자들은 냄비를 지배해요. 오늘날 가장 뛰어난 여자들 다수가 그런 삶에 반대하지만 아무 소용이 없어요. 그런 여자들조차 결국에는 냄비 앞으로 되돌아가게 되니까요. 그건 정말 기가 막힌 일이에요."

"하지만 그것보다 더 나아가는 용감한 여자들이 있어요. 아이한테 생명을 주는 여자들이에요. 그건 사람이 할 수 있는 최고로 훌륭한 일이에요."

"아이한테 생명을 주는 것이 최고로 훌륭한 일이라고요? 요즘 같은 세상에? 그 말은 그 자체로 모순을 품고 있어요. 생각이 있는 어머니라면 어떻게 무작정 아이를 낳겠어요? 가장 기초적인 삶조차 보장되지 않는 이런 세상에?"

"그건 잘못된 결론이에요. 아이를 낳는 여자들한테는 아이의 삶을 지켜 줄 남편들이 있을 테니까요……."

"사람들은 참 쉽게 착각해요. 그건 모두가 그렇게 생각할 때에만 옳아요. 개인들은 모순과 싸우느라 애를 먹고 있어요. 사실 그 모순은 국가 전체가 나서면 쉽게 해결할 수 있는데 말이에요. 하지만 우리 나라 사람들은 더 이상 그렇게 생각하지 않아요. 쓸데없이 전쟁을 4년씩 하느라 저항 정신을 전부 잃어버린 것 같아요."

"쓸데없이? 오, 그건 아니죠! 그렇게 보였을지 모르겠지만 전쟁은 삶의 욕구의 위대한 표현이에요. 만약 우리가 아직 목적지에 도달하지 못했다면 그것에 다시 도달하는 게 현재 우리 앞에 놓인 운명이에요. 우리 국민이 더 이상 그런 생각을 못하고 있다면 사람들에게 그 생각을 새롭게 불어넣어야만 해요."

"항상 말이 쉽지, 행동은 어려운 법이죠. 그런데 대체 누가 그런 일을 해야 하나요?"

"우리 모두요!"

"우리? 예를 들면 당신이요?"

"맞아요.

정확히 어떤 말로 표현해야 할지는 모르겠지만 나는 오래전부터 그것을 나의 의무로 느끼고 있어요. 나는 벌써 어딘가에서 한 위대한 인물이 커가고 있다고 느껴요. 분명 그 사람이 어느 날 우리 앞에 나타나 조국에서의 삶을 믿으라고 호소할 거예요. 많은 사람들이 나처럼 느끼고 있지만 그렇게 호소할 수 있는 사람은 한 사람뿐이에요. 그는 현재 완성돼 가고 있는 중이에요. 자신들의 힘이 이 시대의 영혼과 연결되어 있는 사람들은 전부 예감하고 있어요. 반드시 우리 앞에 누군가 나타날 거라고! 이 믿음이 없다면 나는 세상을 살아갈 이유가 없어요."

"그런 말 쉽게 하지 말아요. 당신이 바로 그 사람이 될 거예요. 맞아요, 그는 우리 청년들의 마지막 젊음을 희생시킬 거예요."

"천재들은 사람들을 소모해요. 그건 사실이에요. 하지만 제일 큰 위안은 그게 자신들이 아니라 그들이 수행해야 할 과제를 위해서라는 사실이에요. 새로운 젊은이에게 삶의 길을 터주기 위해서라면 젊은이 한 사람쯤 소모하는 것은 괜찮아요. 그것을 불평하는 것은 아무 도움이 안 돼요. 그건 어쩔 수 없는 일이에요. 미래를 위해 제 한목숨을 희생하겠다는 각오가 없는 젊은이는 더 이상 젊은이가 아니니까요.

젊은이와 노인의 차이가 그거예요. 노인은 재산을 소유하고 있고, 재산을 소유하고 있는 자는 필연적으로 그 재산을 지키려 들죠. 그래서 그는 공격할 아무런 필요성도 못 느껴요. 단지 권리를 박탈당한 자만이 공격하는 법이에요. 맞아요, 노인은 권력을 완벽하게 소유하고 있을 때 심지어 방어조차 겁을 내요."

"당신은 이 투쟁에서도 우리 여자들을 제외시킬 생각인가요?"

"맞아요, 어느 정도는 그래요! 나는 여자의 과제는 아름다움을 유지하면서 아이를 낳는 거라고 생각해요. 그건 결코 여자들이 생각하는 것처럼 야만적인 일도, 시대에 뒤떨어진 일도 아니에요. 새의 암컷은 수컷을 위해 몸을 정결히 하고 알을 낳아요. 대신 수컷은 먹이를 가져다주죠. 먹이를 구하러 가지 않을 때에는 경계를 서면서 적으로부터 암컷과 새끼들을 지켜 주고요."

"너무 반동적인 사고예요!"

"반동적이라는 게 무슨 뜻이죠? 그건 단지 슬로건에 불과해요. 나는 목소리 큰 여자들을 증오해요. 제대로 알지도 못하면서 사사건건 끼어드는 여자들 말이에요. 그럴 때 대부분의 여자들은 자신이 본래 해야 할 일을 잊고 있어요. 아이를 키우는 일이요. 만약 현대적이라는 말이 자연법칙에 어긋나는 것, 풍기 문란, 도덕의 타락과 붕괴를 의미하는 거라면 나는 당연히 반동적인 편에 설 거예요.

현대적이라는 말의 진정한 의미는 끊임없이 변화하는 새로운 형식들 속에 불멸의 내용을 채운다는 거예요. 나는 그렇게 하고 있어요.

타락한 신문 기사에서 현학적으로 사용하는 현대적이라는 말의 의미를 나는 거부해요. 그것을 수용하기에는 우리 젊은 남자들은 너무 많은 고난을 겪었어요. 우리는 돈을 벌기 위해 쓸데없이 기사를 길게 늘여 쓰는 기자들을 경멸해요. 그런 사람들은 우리에게 구역질과 욕지기의 대상일 뿐이에요. 온 국민이 목숨을 걸고 싸우고 있는 동안 부패한 지식인들은 현대적이라는 말의 의미 따위나 고민했어요. 그러고는 기가 막히게도 영화, 단안경, 단발머리, 자유사상을 지닌 미혼 여성들을 현대적이라고 했죠."

"여하튼 논리적인 반박이네요."

"그게 바로 나의 의도예요.

논리야말로 우리 젊은 남자들이 가진 무적의 힘이에요. 우리의 적에게는 그게 없어요. 논리적 사고요. 우리의 세계관은 억지로 주입된 것이 아니라 스스로 성장한 거예요. 그렇게 때문에 끔찍하고 가혹한 삶도 견뎌 낼 수 있어요."

"당신은 삶에 대한 그 원초적이고 조야한 이론을 세계관이라고 부르는 건가요?"

"물론이죠! 이건 세계관이에요. 하나의 확고한 관점을 견지하면서 그 관점에 따라 삶과 세상을 바라보는 것이 세계관이 아니면 뭐죠. 이 관점은 지식이나 교양과는 무관해요. 관점이 옳고 똑바르면 세계관 역시 명료하고 좋아요. 그렇지 않을 경우에는 세계관 역시 불투명하고 나빠요."

"당신은 항상 사람 마음을 무겁게 만드네요."

"일부러 그런 것은 아니에요. 하지만 정말 당신 마음이 무거워졌다면 잘됐네요. 우린 삶을 가볍게 생각할 이유가 전혀 없어요. 삶 역시 무거우니까요."

"맞아요, 삶은 매우 무겁죠!"

"그래서 우리가 할 수 있는 최선은 스스로를 단단히 지키는 거예요. 다른 것은 전부 변할 수 있어요. 그리고 불행이 닥치면 모든 것은 바람 앞의 촛불처럼 금세 꺼져 버려요."

"그런데 그 위대한 미지의 존재는 누군가요? 신인가요?"

"신은 용감한 자들을 돕고 비겁한 자들을 벌해요. 겁쟁이들을 편드는 특이한 신 역시 그럴 거예요."

"그렇다면 우리는 용감하게 무자비한 삶에 똑바로 맞서야겠네요."

"맞아요, 그래야 해요."

잠시 침묵이 흐른다. 그런 다음 우리는 사소한 이야기들을 나눈다.

비록 사소한 이야기들이지만 헤르타 홀크의 입을 통해서 나오는 순간 그 이야기들은 형태와 외양을 갖추게 된다. 그녀는 이야기를 입체적이고 구체적으로 만드는 재주가 있다.

그녀는 현실주의자다.

*
6월 25일

고요한 여름날 오후!

녹음이 짙은 산 위에 햇볕이 쏟아진다. 산 아래쪽 분지에 도시가 자리하고 있다.

붉은색 지붕들이 햇살에 반짝거린다.

산꼭대기에서 불어온 산들바람이 부드럽게 초원을 쓰다듬으며 지나간다.

뒤쪽으로 시커먼 전나무들이 보인다.

우리는 산비탈에 앉아 책을 읽는다. 《녹색의 하인리히》(독일 작가 고트프리트 켈러의 성장 소설—옮긴이). 아득히 먼 타향과 남자의 굳건한 현재에 대한 소설이다.

오만한 유디트여! 사랑스러운 안나여!

한 장(章)을 다 읽었다. 기다림과 침묵, 그리고 고요!

풀밭에서 천여 마리의 곤충들이 윙윙거린다. 풀에서 향긋한 냄새가 난다.

모든 생명체가 모여 자연 속에서 침묵의 화음을 만들어 낸다.

헤르타 홀크의 꿈꾸는 듯 부드러운 입술에 키스한다. 우리 두 사람 다 수줍음과 당혹감에 어쩔 줄을 모른다.

풀밭에서 천여 마리의 곤충들이 윙윙거린다. 풀에서 향긋한 냄새가 난다.

고요한 여름날 오후!

녹음이 짙은 산 위에 햇볕이 쏟아진다. 산 아래쪽 분지에 도시가 자리하고 있다.

붉은색 지붕들이 햇살에 반짝거린다.

산꼭대기에서 불어온 산들바람이 부드럽게 초원을 쓰다듬으며 지나간다.

뒤쪽으로 시커먼 전나무들이 보인다.

헤르타 홀크여!

오만한 유디트여!

사랑스러운 안나여!

귀갓길! 해가 진다.

내 영혼은 완전히 감동과 흥분에 젖어 있다.

우리는 길에서 작별 인사를 나눈다. 커다란 회녹색 수수께끼 같은 그녀의 두 눈이 반짝거린다.

행복감이 달콤한 부담감으로 내 마음을 꽉 채운다.

밤!

나는 들판과 초원을 배회한다. 들장미의 향기를 흠뻑 들이마신다.

고독!
내가 말할 수 없는 것에 대한 동경이 밀려온다.
노란 달빛이 길을 밝혀 준다.
시내로 되돌아간다. 정원의 담장들 위에 장미꽃이 활짝 피어 있다. 빨간 장미. 나는 장미꽃을 계속 꺾는다.

헤르타 홀크의 방 창문 밑에 서 있다. 어두운 고요!
혹시 그녀의 숨소리가 들릴까 귀를 기울인다. 오랫동안 기다린다.
그녀의 창문턱에 놓인 제라늄이 바람에 흔들린다.

빨간 장미 꽃다발을 그녀의 창문턱에 내려놓는다.
그리고 행복한 마음으로 집으로 돌아온다!

이제 내 마음속의 동경은 실현되었다.
가장 깊은 욕망은 가장 깊은 고통이 된다.
나는 새로운 세상을 향해 발을 한 걸음 내디뎠다.
한 단계 더 올라가자!
그것은 새로운 목적들이 실현되기를 바라는 내 마음속 열망이자 동경이다.
마음속에서 모든 힘이 모여 다른 재능과 자비로움이 된다.
날이 밝는다!
축복의 시간!

*
6월 26일

헤르타 홀크가 빨간 장미 한 송이를 가슴에 꽂고 있다.

*
6월 29일

내 마음속에서
창작의 마지막 장(章)을 향해
단어가 자꾸 자라나고
생각이 꼬리를 물고 이어진다.
성스러운 분만의 시간.
너는 고통이자 쾌락이자
형태와 외양과 본질에 대한 동경이다.
나는 단지
신이 자신의 노래를 부를 때
반주해 주는 악기일 뿐이다.
나는 단지
자연이 미소를 지으며
새로운 포도주를 채우는
그릇일 뿐이다.

7월 1일

선물을 할 때는 기술이 필요하다. 선물하는 자신이 너무 부끄러운 나머지 선물 받는 자가 부끄러워해야 한다는 생각을 미처 못하는 사람이 선물의 기술을 가장 잘 아는 자다.

헤르타 홀크는 마치 신들이 선물할 때처럼 단지 선물하고 싶다는 순수하고 선한 마음이 넘쳐나 특별한 생각 없이 그냥 선물한다.

그녀의 손은 성스럽다.

그녀는 또한 선물하고 나서는 금세 자신이 선물했다는 사실을 잊어버린다.

일기장은 나의 가장 좋은 친구다. 여기에다 모든 것을 털어놓을 수 있기 때문이다. 어느 누구한테도 이렇게 모든 것을 털어놓을 수는 없다. 그 사실에 모두 동의할 것이다. 일기장이 없다면 사람들은 뭔가에서 절대 벗어날 수 없다. 그럼 아마 심장이 전부 불타 버릴 것이다.

새로운 것에 자리를 만들어 주기 위해서는 낡은 것은 내보내야만 한다. 새로운 것과 낡은 것이 공존하기에는 인간의 영혼은 공간이 너무 비좁다. 따라서 주기적으로 낡은 것을 밖으로 내보내야 한다.

이 일기장은 나에게 필요 없어진 물건들이나 방해가 되는 물건들을 보관해 두는 다락방이나 마찬가지다.

가끔 예전에 쓴 일기를 읽어 볼 때가 있다. 그럼 나도 모르게 머리나 가슴으로 그 글을 쓸 때의 생각이나 분위기에 사로잡힌다.

사람들이 낡은 다락방을 뒤적거릴 때처럼 말이다.

리하르트가 거기 있다!

노년의 괴테. 그는 시간을 철저히 지켰다. 그 덕분에 노년에도 많은 글을 썼다. 원은 지루하다. 그것을 네 뜻대로 마음껏 돌려 보라. 그럼 둥글면서도 아름다워진다.

나는 구석과 모퉁이, 균열을 사랑한다.

나는 괴테 앞에 도스토옙스키의 사진을 내려놓는다. 도스토옙스키의 얼굴은 매우 염세적이고 주름살이 많고 일그러져 있다!

미켈란젤로의 얼굴도 유사하다. 인내하는 자이자 예언자의 얼굴이다.

남자, 투쟁가, 고통에 시달리는 자, 극복하는 자, 예언자, 멍청이, 영웅이자 시인. 그들은 모두 그렇게 보인다.

괴테의 두상은 아름답다. 고귀하고 교양이 높고 조각 같은 두상이다. 예술 작품 같고 훌륭한 사상 같아서 신들이 총애하는 두상이다.

베토벤의 외모는 끔찍하다. 하지만 내게 베토벤의 얼굴은 마치 어머니의 얼굴처럼 고귀해 보인다.

리하르트는 젊은이들을 사랑하지 않는다. 그는 젊은이들의 감정 폭발을 땀투성이 격투라고 부른다.

여러 가지 측면에서 그의 말이 옳다. 젊은 작가들은 말이 너무 많고 세련됨이 부족하다. 그들은 단어를 오용하는데, 그것은 죄악이다.

상징은 성스럽다. 상징이 성스러운 이유는 예감만 가능할 뿐 정확히 파악할 수 없기 때문이다.

목소리가 큰 젊은 작가들은 가장 성스러운 것을 저급한 짓거리로 격하시킨다.

사람들이 일반적으로 심오하고 아름다운 일일수록 입 밖으로 꺼내기를 주저한다. 입 밖으로 꺼내는 순간 평범하고 시시한 일이 되어 버리기 때문이다.

세련된 멋이 없는 예술은 돼지 사료에 불과하다.

일상적인 소소한 욕구들을 해결하기 위해서는 돈이 필요하지만 내 수중에는 돈이 없다. 돈이 내 목을 조른다.

삶은 사람들이 기본적인 원칙만 지킨다면 아주 간단하다. 보통 문제라고 일컫는 대부분의 일들은 기실 아무것도 아니다. 심장은 우리의 이성이 수백 년 동안 해결하지 못하고 쩔쩔매 온 문제들을 장난치듯 쉽게 해소해 버린다.

*
7월 4일

열차를 타고 헤르타 홀크와 함께 슈바르츠발트로 향한다.

힌테르차르텐(슈바르츠발트에 있는 마을 이름—옮긴이)에 도착한다!

비 내리는 우중충한 오후다. 우리는 넓은 시골길을 따라 걸어간다.

검은 숲들이 안개에 휩싸여 있다. 길이 온통 진흙탕이다. 비가 우리의 얼굴을 때린다. 물에 빠진 생쥐 꼴이 되어 마침내 작은 여관에 도착한다.

우리는 여관 주인의 가족들과 함께 저녁을 먹는다. 따뜻하고 쾌적하다. 밖에서는 빗물이 유리창을 따라 흘러내린다.

여관 손님은 우리밖에 없다.

저녁에 우리는 창가에 앉아 비 내리는 창밖을 내다본다.

헤르타 홀크가 이야기한다.

*
7월 5일

아침에 날이 개기 시작한다. 하지만 아직은 공기가 눅눅하고 서늘하다.

가자, 산을 넘어!

작은 마을이 하나 나온다. 오버슈타이크! 이곳에 방을 하나 잡는다.

아름다운 오후! 가을이 온 듯하다. 자연이 왠지 지쳐 보인다.

여관 안주인이 불친절하고 뻔뻔하기 그지없다.

내일은 이곳을 떠날 것이다.

*
7월 6일

브라이트나우! 소박하고 깨끗한 여관을 찾았다. 앞마당에 있는 우물가에서 우리는 옷과 손에 묻은 먼지를 씻어 낸다. 오늘은 일요일이다.

낮이 되니 벌써 햇볕이 뜨겁다.

외양간에서 암소가 큰 소리로 우는 소리가 들린다. 어린 사내아이가 양 떼를 몰고 나간다.

7월! 일요일 오후! 일하지 않는 날.

들판에서 후텁지근한 수증기가 피어오른다. 곡식들이 기다란 파도를 이루며 물결친다.

길들이 한낮의 적막에 잠겨 있다. 반짝거리는 황금빛 이삭들 사이로 마을의 집들이 보인다.

바람이 부드럽게 이삭들을 훑으며 지나간다.

헤르타 홀크, 너를 닮은 이삭을 발견한다. 그녀는 키가 크고 홀쭉하고 고개를 잘 숙인다.

이곳은 날씨가 아주 따듯하다!

우리는 형형색색으로 반짝거리는 들판에 누워 있다. 주위가 고요하다.

고요! 침묵!

간간이 가까운 교회의 종탑에서 정시를 알리는 종소리가 들려온다.

교회에서 아이들이 찬송가를 부른다. 작은 오르간의 반주 소리가 더해진다.

그러고는 다시 고요가 찾아온다.

꿀벌들이 윙윙거린다.

저녁이다! 서늘한 바람이 분다.

길과 들판이 석양으로 물든다.

삼종 기도를 알리는 종소리! 날이 서서히 저물고 있다.

> *여름날이*
> *끝나면,*
> *세상이 온통 황금빛으로 물결친다.*
> *이삭들이 수확을 기다린다.*
> *바람이 아주 부드럽게*

이삭이 여문 들판을 스치며 지나간다.
아름다운 꿈처럼
세상이 천천히 가라앉는다.

*
7월 8일

 나는 위대한 희곡을 한 편 쓸 계획이다. 머릿속에서 구상은 이미 끝났다. 문제는 결말이 자꾸 바뀐다는 것.

 이것이 바로 우리 시대의 문제다. 시작은 했는데 끝을 맺지 못하는 것. 소망은 하지만 능력은 없는 것.

 하지만 나는 마음이 느긋하다. 사랑은 창조력을 키워 준다.

 세상의 모든 남자는 때가 되면 완수해야 할 과제가 하나씩 있다.

 글을 쓰는 것이 나의 과제다. 위대하고 무거운 삶 속에서 내가 힘들게 얻어 낸 생각들을 글로 표현하고 싶다.

 리하르트가 고향에 다녀왔다. 그가 내게 어머니의 안부를 전해 준다.

 헤르타 홀크와의 교제는 내게 큰 기쁨과 힘이 된다. 그 어떤 말로도 고마움을 이루 다 표현할 수 없다.

*
7월 12일

예수 그리스도와 대화를 나눈다. 나는 이미 그를 극복했다고 믿었다. 하지만 내가 극복한 것은 단지 예수 그리스도의 거짓 사제들과 엉터리 추종자들이었다.

예수 그리스도는 엄격하고 무자비하다.

그는 사원에서 유대 상인들을 채찍으로 몰아냈다.

돈에 대한 선전 포고였다.

요즘 이런 말을 하면 교도소나 정신 병원에 가야 한다.

우리는 모두 병들었다. 부패와의 전쟁만이 우리를 다시 한번 구원할 수 있다.

가식은 몰락하는 시민 시대의 전형적인 특징이다.

지배 계층은 이미 완전히 진이 빠졌기 때문에 새로운 일을 시작할 용기를 갖고 있지 않다.

지식인이 우리 국민을 독살했다.

헤르타 홀크가 나를 쳐다보며 고개를 젓는다.

*
7월 15일

리하르트는 나를 공상가라 부른다.
물밀듯 떠오르는 생각들로 인해 밤새도록 잠을 못 이룬다.
내 마음속에는 폭동과 분개와 혁명이 들어 있다.
마음속에서 아이디어 하나가 거대한 형태를 이룬다.
죽음의 무도(舞蹈)와 부활.

*
7월 16일

나는 더 이상 이 세상에 살고 있지 않은 것 같은 기분이다. 나는 환각에 취해, 꿈에 취해, 분노에 취해 미쳐 날뛴다.
새로운 세상들을 예감한다.
내 마음속에서 먼 미래가 자꾸 자란다.
오, 주여. 대체 무슨 연유로 나는 이렇게 고통스러운지 말해 주소서!
니체의 설교를 읽는다. 내용이 유쾌하다.

*
7월 19일

예수 그리스도는 사랑의 천재다.
그분은 이 세상에 왔다 간 사람들 중에 가장 위대하고 가장 비극적인 인간이다.

헤르타 홀크는 성서를 믿는 것처럼 나를 믿는다.

*
7월 21일

고요한 날들이 온다. 나는 충만함을 고대한다.
이제 헤르타 홀크와 나의 관계를 명확히 해야 한다.

*
7월 23일

요 며칠 내 삶은 절망을 향해 질주한다.
경련, 애타는 마음, 신과의 싸움과 악마와의 싸움, 정신적인 인간이 되기 위해 치르는 전쟁.

왜 나는 충만함을 전혀 못 느낄까?

나는 평정심을 유지하고 싶다. 그리고 구원을 기다린다.

마음속에서 미래가 자라고 있음을 느낀다.

위대함은 늘 창조의 고독 속에 존재한다. 나의 시간 역시 그렇게 될 것이다.

생각이 굴러가기 시작했다.

나는 다시 믿음을 회복한다.

*
7월 25일

나는 어떤 깨달음에 이르렀다.

그 깨달음으로 희곡을 한 편 쓴다. 예수 그리스도가 작품의 주인공이다.

이제 내 마음은 고요하다. 그리고 마음속에 행복이 가득하다. 지금 내게는 모든 것이 새롭고 낯설다.

꽃도 새롭게 보이고 시도 새롭게 보이고 그림도 새롭게 보인다.

신에게 감사드린다!

*

7월 27일

리하르트가 고향으로 돌아갔다!
어머니와 고향 마을, 드넓게 펼쳐진 고요한 들녘, 버들강아지가 피어 있는 교회 뒷길에 부디 나의 인사를 전해 다오.

이번 학기가 끝났다. 헤르타 홀크와 마지막 저녁을 함께 보낸다.
작별! 다시 만날 때까지 안녕!
다시 만나는 날, 아마 나는 지금과는 다른 사람이 되어 있을 것이다.
헤르타 홀크는 토양이 붉은 그녀의 고향으로 돌아간다.
"나는 당신의 강인함과 선함을 함께 가지고 돌아가요. 잘 지내요!"

*

7월 30일

이곳에서의 마지막 날 혼자 시내에 나간다. 구역질이 난다.
내 방에는 트렁크와 상자들이 어지러이 널려 있다.
펼쳐진 쪽지에 헤르타 홀크의 마지막 말이 적혀 있다.
"당신은 감소하는 내 영향력에서 벗어날 거예요. 사랑하는 사람을 위해 자기를 희생하는 것은 기쁨이에요."

나는 열차를 타고 바다로 간다. 바닷바람! 고독! 무한함! 거기서는 생각이 바다처럼 크고 명료해진다.

*
7월 31일

열차가 도시를 빠져나온다. 성이 아스라이 멀어진다.
눈에 눈물이 차오른다.
가자! 계속 가자!

*
8월 1일

열차가 광산 지대를 통과한다. 헤르타 홀크의 고향이다. 비가 열차 유리창에 후드득 부딪친다.
잿빛 안개! 연기! 소동! 날카로운 소음! 신음 소리!
불꽃들이 하늘을 향해 타닥타닥 타오른다.
노동의 심포니!
인간의 손으로 이루어지는 위대한 작업!

탄갱과 작업장에서 일하는 당신들은 나의 형제들이다! 당신들에게 안부 인사를 전한다!

평야! 싱싱한 풀이 무성하게 자란 초원! 소 떼가 풀을 뜯어 먹고 있다.

날이 갠다. 구름 사이로 해가 비친다. 열차의 창문을 내린다.

어디선가 소금 냄새가 나는 듯하다.

나는 창가에 서 있다. 심장이 터질 것처럼 두근거린다. 설렘으로 마음이 한껏 부푼다.

북부 지방이다!

"아직 5분 남았어요!"

어떤 부인이 미소를 지으면서 말한다.

저 멀리서 바다가 파란색과 회색으로 반짝거린다.

무한함! 그것이 바다다!

탈라사(그리스 신화에 등장하는 바다의 여신 — 옮긴이)! 그렇게 외치고 싶다.

그리스인들은 바다를 향해 그렇게 인사했다.

탈라사! 탈라사!

보트로 갈아탄다. 얼굴과 손 위로 파도가 튀어 오른다. 기분이 몹시 상쾌하다!

보트가 흔들린다. 육지가 석양을 받으며 사라진다. 해가 끝없이 이어지는 수평선 밑으로 서서히 가라앉는다.

저 멀리 점이 하나 보이다가 선으로 변한다. 그리고 드디어 땅이 보인다! 선장이 어깨로 그곳을 가리킨다.

섬!

안도감이 밀려온다! 나는 혼자다!

나는 지금 커다란 배를 타고 있는 것과 마찬가지다. 주위는 온통 바다뿐이다.

섬!

축복의 땅.

"나는 확실히 불꽃이다!"

*
8월 2일

밤새도록 폭풍우가 유리창을 때리며 미친 듯이 휘몰아쳤다.

하지만 지금은 가라앉았다.

서서히 날이 밝는다. 바다 위에서 분홍빛 구름이 노닐고 있다. 한참을 더 기다린 후에야 비로소 해가 뜬다.

아무도 지나가지 않은 길 위에 있는 하얀 모래 언덕을 통과해 바다를 향해 걸어간다.

신선하게 밝아 오는 아침이여!

멀리서 파도가 백사장으로 밀려오는 광경이 보인다. 쏴쏴 하며 끊임없이 반복되는 파도의 단조로운 노랫소리.

나는 모래 언덕 위에 서서 멀리 바다를 내려다본다.

그리고 열심히 귀를 기울인다. 음험하고 강력한 눈빛으로! 바다가 저 밑에 누워 있다!

나는 모래 언덕에 앉아 끝없이 이어지는 평평한 해수면을 두 눈으로 쫓는다.

아주 먼 바다에서 하얀 불빛들이 흔들린다. 공해(公海)가 시작되는 지점이다.

파도가 넘실거린다. 점점 더 가까이 밀려온 파도가 춤추듯 가볍게 해변을 넘어온다.

바닷물이 거의 청색과 보라색으로 반짝거린다. 풀 냄새와 해초 냄새가 코를 자극한다.

나는 해변을 향해 걸어 내려간다. 밀물이 시작된다. 처음 보는 광경이다.

영원한 순환.

부둣가에 사람이 전혀 없다. 나는 물가로 다가간다. 물결이 해안으로 더 깊숙이 밀려올수록 돌아가는 길이 더 멀어진다.

파도가 밀려왔다 밀려간다.

다음 순간 훨씬 큰 파도가 밀려오면서 파도 거품이 얼굴까지 튄다. 혀끝에 짭짤한 소금기가 느껴진다.

나는 그 자리에 우뚝 서서 파도가 멀리 밀려날 때까지 계속 쳐다본다.

파도가 분노에 휩싸여 미쳐 버리기라도 한 것처럼 포말을 일으키며 높다란 방파제를 단번에 훌쩍 뛰어넘는다.

그러고는 곧바로 거품이 하얗게 흩어져 버린다.

파도가 뒤로 쭉 밀려났다가 곧바로 전례 없는 힘으로 다시 세차게 밀어닥친다.

무한한 자연이여!

그에 비하면 우리 인간은 너무나 작다!

아이들이 해변에서 모래성을 쌓으며 논다.

나이가 지긋한 프리즈란트의 선장이 진지한 표정으로 좁은 길을 조심스레 걸어간다.

*
8월 4일

오늘은 썰물이다.

나는 해변에 있는 두꺼운 판자 위에 앉아 희곡의 한 장면을 쓴다. 사원에서 예수 그리스도가 유대인 학자들 사이에 앉아 있는 위대한 장면이다.

*
8월 7일

헤르타 홀크한테서 온 편지.

"백조 일곱 마리의 사진을 보내요. 이 사진이 당신에게 기쁨을 안겨 줄 거라 믿어요. 이 사진을 보면 아름다운 시간들이 떠오를 테니까요.

당신이 지금 몹시 힘든 심리적 갈등을 겪고 있다는 거 알고 있어요. 하지만 내가 사랑하는 마음으로 당신의 모든 것을 계속 주시하고 있다는 사실을 잊지 말아요. 그건 절대 잊으면 안 돼요.

당신과 너무 멀리 떨어져 있다는 사실이 나를 낙담시켜요. 가끔은 당신의 사랑도 의심이 든답니다. 그럴 때면 차라리 엉엉 울어 버리고 싶은 심정이에요. 이런 나를 용서해 줘요! 밤늦도록 당신의 흔들림 없는 자부심을 그리워하며 잠을 못 이룰 때가 많아요.

당신이 지금 길을 찾기 위해 애쓰고 있다는 것을 알아요. 당신은 강한 사람이고 미래에 대한 의지가 확고해요.

하지만 삶의 많은 부분은 우리가 바꿀 수 없는 것들이니 있는 그대로의 삶을 받아들일 필요도 있어요. 그래야 헛된 수고를 면할 수 있어요. 쓸데없이 길을 빙 돌아갈 필요는 없잖아요. 물론 당신이 그 우회로야말로 최선의 길이라고 생각한다는 것도 알고 있어요. 하지만 빙 돌아가지 않고 곧장 가야 잘못된 길로 빠지지 않아요.

당신의 헤르타 홀크가."

일곱 마리의 백조 사진은 내 침대 옆에 붙여 놓았다.

*
8월 9일

사람들은 이곳을 호텔이라고 부르지만 이곳에 묵고 있는 손님들은 겸손하게 여관이라 부른다.

손님들은 대부분 공무원, 교사, 목사 등인데 하나같이 선량한 사람들이다. 아이들도 많다. 그게 특히 마음에 든다. 아이들이 하루가 다르게 건강해지고 활기를 되찾는 모습을 볼 수 있다.

이 섬에서 제일 멋진 일은 섬사람들이 면도를 하지 않는다는 사실이다. 수염을 깎고 싶지 않으면 누구나 그렇게 할 수 있다. 아무도 그것에 대해 뭐라 하지 않는다.

이 섬에서는 개인의 뜻을 인정하며 존중하는 분위기가 지배적이다.

해서 여기서는 타인의 방해를 받지 않고 일을 할 수 있다.

여관 주인은 웃으면서 그것을 교양 있는 젊은이들의 목욕이라고 말한다.

음악가와 한 식탁에 앉게 되었는데, 우리는 바그너와 오페라에 대해 끝없이 이야기를 나눈다.

음악은 음악이다. 사람들은 그것을 절대 음악이라 부른다.

모차르트는 자신의 음악을 위한 특별 프로그램을 요구하지 않았다. 그는 그냥 음악을 연주했고 어린아이처럼 순진무구하고 경쾌하게 노래를 불렀다.

나는 이 섬의 목사가 되고 싶다. 그래서 소박한 섬 주민들에게 산상 수훈을 설명해 주고 그들의 세상을 고스란히 보존하고 싶다.

아직까지 이곳에서는 유대인을 한 명도 안 만났다. 얼마나 기분 좋은 일인지. 기분이 너무 상쾌하다.

유대인을 보면 내 몸은 곧바로 구역질이라는 신체 반응을 보인다. 나는 유대인의 얼굴만 봐도 토할 것 같다.

유대인은 본질적으로 우리와 맞지 않는다. 나는 유대인을 경멸할 뿐, 결코 증오하지 않는다. 유대인은 우리 민족의 명예를 실추시켰고 우리의 이상을 더럽혔으며 우리 민족의 힘을 마비시켰다. 또한 그들은 우리의 예의범절을 무너뜨리고 도덕을 타락시켰다.

유대인은 병든 우리 독일인의 몸에 들러붙어 있는 고름덩어리 같은 존재다.

종교 아니냐고? 너희들은 너무 순진하다. 그게 종교와 무슨 연관이 있고, 대체 기독교와 무슨 연관이 있단 말인가? 유대인이 우리를 멸망시키든가, 아니면 우리가 그들을 무릎 꿇리든가, 둘 중 하나다. 다른 것은 있을 수 없다.

평화롭게 지내자고? 사람의 폐가 결핵균과 공생할 수 있는가?

유대인은 창조력이 없다. 그들은 태생적으로 장사꾼이다. 유대인은 쓰레기, 돈, 주식, 배설물, 그림, 서적, 심지어 정당들과 국민들까지, 모든 것을 거래한다.

유대인이 똑똑하다고? 유대인은 절대 똑똑하지 않다. 그들은 단지 교활하고 노회하고 양심이 없을 뿐이다. 그래서 우리는 절대 유대인을 따라잡을 수 없다.

유대인은 우리 국민이 원하기 때문이라는 핑계를 댄다. 하지만 사실은 그들이 원하는 것이다. 유대인은 어떻게든 제 목적을 이루기 위해 대중 친화라는 가면을 쓰고 국민 뒤에 몸을 숨긴다. 국민은 아무것도 원치 않는다. 국민은 단지 얌전하게 지배당할 뿐이다.

독일인이 단지 비명 소리를 그치게 할 목적으로 너희들 마음대로 하라고 할 때까지 유대인은 계속 비명을 질러 댄다.

악마를 증오할 수 없는 사람은 신도 사랑할 수 없다. 자기 민족을 사랑하는 자는 자기 민족을 멸망시키는 자들을 증오해야 한다. 전심전력을 다해 증오해야 한다.

독일인이 받을 수 있는 최악의 벌은 유대인한테 칭찬받는 것이다.

유대인은 손가락을 하나 갖고 싶으면 목청껏 손이 필요하다고 비명을 지르는 사람들이다. 그 소리를 듣고 다가간 독일인은 그에게 손가락 두 개를 내줘야 한다.

예수 그리스도는 절대로 유대인이 아니다. 내 주장을 과학적으로 입증할 필요는 없다. 어쨌거나 그게 사실이다!

8월 12일

모래톱을 지나간다. 모래톱 사이사이에 초지가 형성돼 있는데 거기서 소와 양들이 풀을 뜯어 먹고 있다. 바다 수면이 거울처럼 잔잔하다.

범선이 파도를 가르며 지나간다. 배가 마치 하늘과 물 사이에 떠 있는 것처럼 보인다.

바다 저 멀리 육지가 보인다. 회색 연기 때문에 건물 지붕들과 탑들의 윤곽이 가물가물하다.

내 앞뒤로는 이 섬의 빨간색 지붕들이 보인다. 고개를 들어 먼 곳을 바라보면 수평선이 눈에 들어온다. 기분이 상쾌해진다.

너무 많이 걸었는지 다리가 아프다. 이 정도 걸었으면 충분하다.

이제 무언가 일을 하고픈 마음이 든다. 센세이션을 불러일으킬 만한 논문을 한 편 쓰고 싶다. 그 정도 글을 써야만 남아도는 힘을 해소할 수 있을 것 같다.

노동이 나를 구원해 준다. 나는 이제 작업을 중단하지 않는다.

날마다 해변에 앉아 도취된 마음을 시로 풀어 놓는다. 바다가 시심을 더욱 북돋아 준다.

시간이 쏜살같이 흐른다. 벌써 시가 세 편이나 완성되었다.

전심전력을 다해 글을 쓰는 것이 나의 가장 큰 행복이다. 나는 영혼의 불안과 고통을 글로 표현한다.

창조의 기쁨이여!

저녁에는 방에서 성경을 읽는다. 멀리서 바닷물이 철썩거리는 소리가 들린다.

밤이 늦도록 잠을 못 이루고 누운 채 조용하고 얼굴이 창백한 나사렛 예수를 생각한다.

*
8월 14일

"사랑하는 헤르타 홀크에게!

내가 마음의 갈등을 겪고 있다는 것을 당신도 이미 알고 있었군요. 당신에게 지금 해줄 수 있는 말은 이것뿐입니다. 이곳에서 나는 조용하고 고독하게 지내고 있어요. 내 영혼은 노동에서 위로를 얻고 있어요. 이런 나를 당신은 이미 이해하고 있을 거라고 믿어요. 언제나 당신은 나를 이해해 주었으니까.

하늘에서 별 하나가 떨어질 때까지
우리는 아무 말 없이
조용히 기다린다.
저 위에서 전등이 차례로
켜지더니
대성당을 이룬다.

우리는 조용히 침묵한 채
두 손을 모아 기도한다.
하늘에서 별 하나가 떨어질 때까지
우리는 아무 말 없이
조용히 기다린다.

일곱 마리의 백조는 내게 큰 기쁨을 줘요.
나는 길을 찾고 있어요.
믿으라, 그리하면 찾을 것이다!"

*
8월 17일

쓸쓸한 작은 예배당. 프리지아의 지체 높은 여인들이 전통 의상을 입고 의자에 앉아 있다. 교사의 오르간 반주에 맞춰 찬송가가 울려 퍼진다.

젊은 목사의 소박한 설교.

일요일 아침 교회 밖 초원 위로 해가 높이 솟아오른다.

이 섬은 그리 크지 않다. 섬을 한 바퀴 돌아보는 데 두 시간이면 충분하다. 서쪽에는 열두 채의 집이 옹기종기 모여 있는 마을이 있고, 동쪽에는 그보다 더 작은 마을이 있다.

그리고 두 마을 사이에 모래톱과 초원이 펼쳐져 있다.

지붕이 빨간 마을의 집들은 모두 깨끗하다. 빨간 지붕과 자연경관이 잘 어우러져 멋스러운 분위기를 자아낸다.

동쪽 마을은 완전히 녹음에 파묻혀 있는데 주민들은 주로 은퇴한 선원들과 어부들이다.

일요일 아침이면 요양차 섬을 찾은 사람들이 동쪽 마을과 서쪽 마을 사이로 산책을 한다.

11시부터 1시까지는 거의 축제 분위기다. 섬사람들의 표정은 아주 순박하다. 아이들은 양 떼를 몰고 초원으로 놀러 간다.

점심때까지 사람들은 유유자적하며 산책을 즐긴다.

제발 나를 이도 저도 아닌 얼치기로 만들지 말아 달라고 운명에게 기도한다. 온전한 것이 아니라면 차라리 아무것도 되고 싶지 않다.

제발 나의 의무를 다하게 해달라고 기도한다. 스스로 옳다고 인식한 것을 실행에 옮기고 싶다.

우리가 필요로 하는 사람은 그냥 일반인이 아니라 남자다.

나의 길은 개인에서 전체로, 현상에서 상징으로, 형제에서 국민으로 나아간다. 그리고 국민에서부터 비로소 세계로 향한다.

그릇이 작은 사람일수록 믿음의 능력 역시 부족하다.

*
8월 20일

"내 마음은 늘 네가 있는 곳으로 날아가 함께 뒹굴고 싶다. 또 보자! 그런데 대체 언제, 어디서 만나지?

너의 친구 리하르트."

'올림포스 산의 예수 그리스도'라는 거창한 아이디어가 하나 떠오른다.

제우스 신과 예수 그리스도를 경쟁자로 만드는 구도다. 좋은 소재다!

예수 그리스도는 자신의 척도로 사람들을 평가하고, 결국 그것 때문에 망한다. 다른 사람들을 자신과 똑같이 생각하는 것, 이것이 바로 거의 모든 예언자들과 위대한 혁명가들의 비극이다. 그들의 계산은 거기서부터 잘못됐다.

만약 예수 그리스도가 재림한다면 거짓 제자들을 어떻게 자신의 사원에서 몰아낼까?

아침나절 바닷가에 앉아 시를 쓰면서 소금기가 배어 있는 바닷바람을 들이마시면 마치 신의 품에 안긴 것처럼 행복감이 밀려온다. 어린 시절에만 느껴 보았던 행복감이다.

*
8월 24일

모래톱들 사이로 난 오솔길을 걸어간다. 천천히 길을 따라가면서 단조로운 파도 소리에 귀를 기울인다. 갈수록 소리가 작아진다. 점점 더 작아진다.

나는 계속 언덕을 오르락내리락하면서 걸어간다.

엉겅퀴와 억센 잡초들에 뒤덮인 오솔길을 걸어가는 것은 몹시 힘들다.

드디어 마지막 모래톱 언덕을 내려간다. 갈수록 작아지던 파도 소리가 이제 완전히 사라진다.

주위는 완전히 고요한 적막에 잠겨 있다.

나는 모래톱 위에 길게 드러누워 신의 말씀을 기다린다.

*
8월 28일

내 어머니는 꼭두새벽부터 늦은 저녁까지 일한다. 그런데도 늘 행복해한다. 모두가 만족해야 어머니도 만족한다.

내 어머니는 항상 자식들을 위해 희생한다.

어머니는 단 한 번도 외롭다고 생각한 적이 없다. 나는 그 이야기를 어머니한테서 들었다.

나는 어머니가 빈둥거리는 모습을 단 한 번도 본 적이 없다.

"사랑하는 어머니, 저는 행복합니다. 고독한 이곳 생활에 잘 적응하고 있어요. 요즘 들어 자주 고향 집이 생각납니다. 아버지가 농장과 밭을 오가던 모습이 선명하게 떠오릅니다. 추수가 코앞에 닥쳤으니 요즘 몹시 힘든 시간을 보내실 것 같네요. 저만 이렇게 아무 도움도 못 드리고 이곳에 머물고 있으니 마음이 편치 않습니다. 그래도 두 분은 저를 이해해 주시리라 믿습니다. 전쟁터에서 돌아온 우리 젊은이들은 해결해야 할 문제들이 많습니다. 우리는 아직 영혼의 상처를 극복하지 못했습니다. 팔에 입은 총상은 전쟁터에서 입은 우리 내면의 상처와 비교하면 아무것도 아니라고 말할 수 있습니다. 우리는 이제 아무런 편견 없이 신과 세상을 받아들일 수가 없습니다.

그럼에도 불구하고 우리는 언젠가 다시 부활할 것입니다. 그리고 눈을 똑바로 뜨고 분명하게 세상을 바라볼 것입니다. 그러니 지금은 그냥 우리를 가만히 지켜봐 주시기 바랍니다. '찾으라, 그리하면 구하리라'라는 말이 있으니까요."

*

8월 29일

이 섬 주민들은 솔직하고 당당하다. 또한 여자들은 건강하며 강인하다. 그들의 눈빛은 영원히 물결치는 파도와 느낌이 비슷하다.

섬사람들에게 바다는 전부나 마찬가지다. 바다는 그들의 자부심이자 위안이자 신이다.

이곳 섬에서 그들은 강한 사람들이다. 군주적 인간인 것이다! 하지만 도시에 가면 그들은 가난하고 패배한 어린아이가 된다.

그래서인지 이곳 사람들은 죄악이 가득한 육지에 대해 그 어떤 동경도 없다.

오늘 오후 모래톱에 누워 있는데, 한 아이가 울면서 내 옆을 지나간다. 모래톱에서 길을 잃은 것이다. 나는 아이를 엄마한테 데려다준다.

아이 엄마는 아직 젊은 프리지아 여자다. 키가 크고 날씬하며 강렬한 햇볕에 얼굴이 갈색으로 그을렸다. 아이 엄마가 내게 우유를 한 잔 건넨다. 나는 식탁에 앉아 우유를 마신다. 그녀가 남편과 아이들에 대해 이야기한다.

남편은 육지에 장을 보러 갔다고 한다.

벌써 나랑 친숙해진 아이는 혼자 중얼거리면서 내 무릎 근처에서 놀고 있다. 아이 엄마한테 주머니에 들어 있던 초콜릿과 슈빈트의 작은 그림을 선물한다.

당연하게도 그림은 그다지 큰 기쁨을 주지 못한다. 반면에 그녀는 아주 흡족한 표정으로 초콜릿을 먹는다.

내가 작별 인사를 건네자 젊고 아름다운 아이 엄마가 수줍음을 타는지 얼굴이 빨개진다.

아이들은 무정하고 잔혹하다. 그 점은 자연을 닮았다.

아이는 기쁠 때 웃고 고통을 느낄 때 운다. 울 때와 웃을 때 모두 심장이 관여한다.

우리 모두 그렇게 자라면서 현명해졌다. 갈수록 지식도 쌓이고 글도 많이 읽었다. 하지만 그 과정에서 잊어버린 게 하나 있다. 바로 아이들처럼 울고 웃는 것이다.

*
8월 31일

마음속에서 뭔가 작동하고 있다는 것을 느끼는 것은 즐거움이다. 그럴 때면 마치 딴 세상에 살고 있는 듯한 기분이 든다.

나는 일을 할 때 즐겁고 기분이 좋다.

요즘 내가 하는 일은 글의 내용을 온전히 담을 수 있는 형식을 찾아내는 것이다. 한계가 있는 형식으로는 위대한 소재를 제대로 담을 수 없다. 요즘 나는 시어들을 제어하느라 애를 먹는다. 시어들이 저절로 행을 넘어 마구 질주하기 때문이다.

첫 번째 연(聯)이 완성되었다. 꽤 성공적인 것 같다.

지금 나는 거의 정신을 못 차리겠다.

*

9월 2일

"나는 너를 믿는다. 나는 별이 하늘에서 떨어지기를 기다린다."

*

9월 3일

오후. 썰물!

지금 나는 방파제 위에 서 있다.

주위가 아주 고요하다. 아침에는 미친 듯이 날뛰었던 바다가 마치 사랑하는 연인처럼 다정하기 그지없다. 멀리서 사람들이 걸어간다. 그들이 웃고 떠드는 소리가 여기까지 들린다. 그 정도로 지금 이곳은 고요하다.

다른 방파제 위에 낚시꾼이 하나 서 있다. 그 남자의 실루엣이 수평선 위에 마치 일직선처럼 서 있다.

눈앞에는 하얀 모래 언덕만 보인다. 땅에서 솟아오른 모든 것은 위대하고 날카로워 보인다. 실루엣도 근사하다.

한참 동안 쳐다보고 있었더니 저 밑에 있는 사람들이 갑자기 다른 차원으로 이동한다. 모든 것이 말도 못할 만큼 커지더니 단지 흑백의 색상만 남는다.

그러다 결국 흑백의 색상마저 완전히 사라지고 단지 선들과 일직선들만 보인다.

나는 섬 위쪽, 아주 멀리 있는 해변을 향해 걸어간다.

거기서 헤르타 홀크를 생각한다.

우아함이 없는 여자는 입구가 없는 집이나 마찬가지다. 폐쇄되어 있다는 뜻이다.

헤르타 홀크는 지나치게 보수적이다. 그녀는 스스로에게서 벗어날 용기가 없다. 진정한 자신의 모습을 찾을 용기가 없다는 뜻이다.

한마디로 말해 그녀는 어린아이 같다. 분별력이 없고 순진하며 기쁨과 고통을 너무 솔직하게 드러낸다. 그녀는 선하고 온유한 천성을 낭비하고 있다.

그녀는 마치 여왕처럼 사랑한다.

진정한 여자는 독수리를 사랑한다.

하지만 그릇이 작은 여자는 독수리의 날개를 잘라 낸 뒤 새장에 가둬 버린다.

오늘날 우리는 한 계급이 역사적 소명을 다한 뒤 새로 형성되는 젊은 계급에게 길을 터주는 과정에 있다. 시민 계급이 뒤로 물러나고 노동 계급이 전면에 나서는 과정인 것이다. 직업에 따라 계급이 달라지는 것은 아니다. 최종적인 결정은 영혼의 태도에 달려 있다. 우리는 시민이 되는 것이 아니라 이미 시민이다!

새로운 계급은 항상 강력한 혁명적 충격을 통해 기존의 계급을 극복한다.

시민이라는 말은 끔찍한 욕설이다.

무너지고 있는 것은 뻥 차버려야만 한다.

우리는 모두 노동 혁명의 전사들이다. 우리는 노동 계급이 돈에 승리하기를 바란다. 그것이 사회주의다. 사회주의에 이르는 길은 다양하지만 어떤 길이든 이 한 가지 의지만은 똑같다. 우리는 절망할 필요가 없다는 사실이 마지막 위안이다.

서서히 몰락해 가고 있는 이 역사적 계급은 그 과정에서 다시 한번 고갈된 창조력으로 만들 수 있는 가장 섬세한 꽃을 피운다. 무지한 자들은 그것을 보고 창조력이 되살아난 것이라고 생각하는 경향이 있다. 하지만 그것은 사실이 아니다. 세상에서 사라져 가는 것들이 이미 파묻혀 버린 운하로부터 찔끔찔끔 물을 공급받아 그들이 가진 섬세함과 우아함을 최대한 끌어모아 마지막으로 섬세하고 아름답고 기품 있는 피조물을 만들어 내는 것뿐이다.

어쩌면 헤르타 홀크의 비밀이 이것인지도 모르겠다. 진실이야 누가 알겠는가.

나는 이미 모든 것을 극복했다. 내 마음속에 남아 있던 과거의 잔재들을 미련 없이 깨끗이 싹 치워 버렸다.

나는 혁명가다. 이 말을 할 때면 자부심이 샘솟는다. 나는 지금까지 단 한 번도 혁명가가 아니었던 적이 없으며 앞으로도 혁명가 말고는 아무것도 되지 않을 것이다.

*
9월 5일

저녁에 여관 손님들이 잔교(棧橋)에 서 있다. 여객선이 도착한다. 배를 타고 온 승객들과 잔교 위에 서 있는 사람들이 마치 대가족의 일원인 것처럼 서로를 향해 손을 흔든다.

우리 섬에 오신 것을 환영합니다!

선원들이 소리를 지르며 배를 자일로 묶는다. 아직 배의 엔진은 꺼지지 않았다.

멀리서 보트 한 척이 파도에 흔들리며 섬으로 접근한다. 망원경을 통해 확인해 본다.

와, 우편선이다!

우리는 보트가 도착하기를 기다린다. 30분이 지나서야 우편선이 도착한다. 손님들이 직접 우편 행낭을 끌어낸 뒤 가까운 우체국으로 옮긴다.

오늘 저녁에는 우편물을 받을 수 있다.

다행이다!

사람들이 여관에서 우편물을 기다린다. 우편물이 도착하자 우르르 출입문으로 몰려간다.

뮌헨에서 온 편지 한 통. 이반 비누로프스키의 편지다.

"올겨울에 뮌헨으로 오십시오. 뮌헨은 많은 것을 배울 수 있는 도시입니다. 베를린은 끔찍해요. 독일의 페테르부르크라 할 수 있어요. 하지만 뮌헨은 공기부터 다릅니다. 이곳에 오면 새로운 사람을 많이 만나게 될 겁니다. 러시아 사람들 말이에요! 믿든 못 믿든, 그들 역시 사람입니다."

각 시대마다 나름의 주도적인 이념이 있다. 그리고 사람들은 그 이념이 옳다고 믿는다.

가장 강력한 옹호자를 가진 사상이 살아남는 법이다.

*
9월 9일

아이들이 모래사장에서 놀고 있다. 나는 아이들이 노는 모습을 즐겨 구경한다. 아이들은 상상력이 풍부하다.

한 아이가 모래로 완벽한 집을 만든다. 거실과 침실은 물론이고 응접실에 부엌까지 갖추었다. 아이는 기쁘고 자랑스러운 표정으로 제가 만든 건축물에 대해 설명한다. 내가 옆으로 지나가자 시선을 끌기 위해 아이가 모래로 만든 자신의 집 침실에 있는 침대에 자랑스레 드러눕는다. 나는 아이한테 다가가 관심을 보인다.

아이는 집 내부를 정교하게 꾸미느라 정신이 없다.

내가 집에 대해 자세히 묻자 아이는 겸손하고 예의 바른 태도로 대답한다. 아이의 이름은 구스타프 아돌프다. 함부르크에서 왔다고 한다.

아이가 내게 이름과 직업을 묻는다. "대학생이에요?"

"아, 나도 대학생이 되고 싶어요. 하이델베르크 대학에 가고 싶어요. 나는 엔지니어가 될 거예요."

"엔지니어가 될 생각이라면 하이델베르크 대학에 진학하면 안 돼."

"안 된다고요? 왜 안 되는데요?"

내가 그 이유를 설명하자 아이가 몹시 실망한다.

아이가 나보다 더 어린 친구들을 찾아 주위를 두리번거린다.

"꼬맹이들은 멍청한 것들만 만들어요."

아이가 꽤나 조숙한 표정으로 말한다.

아이가 나중에 나를 찾아오겠다고 말한다.

"늘 앉아 있는 방파제 위로 찾아갈게요."

우리는 이제 좋은 친구다.

나는 방파제 물 바로 옆에 눕는 의자를 가져다 놓고 등을 기대고 앉아 있다. 작은 파도가 내 주위에서 철썩거린다.

머릿속에 시 몇 편이 떠오른다. 하지만 귀찮아서 그것을 글로 옮기지 않는다.

아무것도 안 하고 빈둥거리는 것은 너무나 달콤하다.

나는 아무 생각도 안 하고 한참 동안 그저 앉아 있다.

눈앞에 보이는 것은 물결뿐이다.

물결들이 끊임없이 밀려왔다 밀려간다.

그것을 바라보고 있노라니 마음이 차분히 가라앉는다.

구스타프 아돌프가 방파제로 나를 만나러 온다. 그는 금세 친근하게 나를 '미하엘'이라고 부른다.

그는 나를 모래사장으로 데려간다. 그곳에 나를 위해 커다란 성을 만들어 놓았다.

구스타프가 말한다. "볕이 좋을 때는 그냥 모래밭에 앉아 있을 수 있어요. 이 집은 단지 바람이 많이 부는 만조 때를 대비해서 만든 거예요."

그에게 고맙다고 인사한다.

그가 만들어 준 나의 성에 함께 들어가 앉는다. 그가 함부르크에 대해 이야기한다. 아이들이 늘 그렇듯 사소한 일까지 아주 세세하게.

나는 구스타프의 말에 열심히 귀를 기울인다.

"미하엘은 벌써 햇볕에 얼굴이 많이 그을렸어요." 구스타프가 아주 직설적으로 말했다.

"맞아!"

내가 뭔가 말을 덧붙이려 했지만 구스타프가 말을 가로챘다.

"내일 삽을 빌려줄게요. 바람이 불면 밤사이에 성 안으로 모래가 날아들거든요."

"너는 여기서 지내는 게 좋아?" 내가 묻는다.

"네, 하지만 함부르크가 더 좋아요."

그는 선생님의 인솔하에 이 섬에 머물고 있다.

저녁에 구스타프 아돌프하고 그의 친구들이 나를 찾아온다.

나는 아이들에게 사진도 보여 주고 피아노로 가곡도 연주해 준다.

*
9월 11일

구스타프 아돌프가 조개로 내 성에 '미하엘의 성'이라는 이름을 붙였다.

그는 나의 베스트 프렌드다.

*
9월 15일

날이 많이 신선해졌다. 바람이 얼음처럼 차서 이제 더 이상 해변에 앉아 있을 수가 없다.

많은 손님들이 벌써 섬을 떠났다. 조만간 여관이 텅 빌 것이다.

희곡의 2막을 절반 정도 완성했다. 하지만 거기서 글이 막혀 버렸다.

작업에 진척이 없다. 진이 빠진다.

구스타프 아돌프와 자주, 그리고 오랜 시간 함께 어울린다. 그에게 대학들에 대해 이야기해 준다. 그러면 그는 귀를 쫑긋 세우고 열심히 내 이야기를 듣는다.

뭔가에 경탄할 수 있는 것, 그것이 모든 시작(詩作)과 철학의 근원이다.

자연은 우리 모두의 어머니다.

강한 책은 힘을 준다. 하지만 스스로 강한 자에게만 그렇다.

희곡은 열정으로 승화된 줄거리다.

줄거리를 묘사하려면 행동하는 자가 되어야 한다.

헌신, 열정, 동경! 그것이 나의 버팀목이다.

우리는 미래로 가는 다리가 되어야 한다.

먼저 나 자신을 구원하고, 그 다음에 우리 국민을 구원할 것이다.

*

9월 17일

구스타프 아돌프가 친구들과 함께 섬을 떠났다.

"함부르크에 가서 편지 보낼게요." 그가 작별 인사를 하며 한 약속이다.

"그리고 언제든지 내 집을 이용해도 돼요."

그가 말하는 집은 바닷가 백사장에 멋지게 지어 놓은 모래성을 의미한다.

배에 올라탄 구스타프가 한참 동안 나를 향해 손을 흔든다. 나는 망원경으로 배가 완전히 사라질 때까지 지켜본다.

구스타프는 친구들과 함께 돛 옆에 서서 전문가의 솜씨로 돛을 다룬다.

섬에 혼자 남겨진 나는 왠지 버려진 듯한 외로움을 느낀다.

*

9월 20일

집필 작업이 다시 원활하게 진행된다.

나는 사랑과 열정을 다해 글을 쓴다.

집필은 방에서 한다. 바닷가는 이미 얼음처럼 춥다.

*

9월 21일

어떤 내용으로 써야 할지 이제 감이 잡혔다. 펜이 종이 위를 날아다닌다.

창작이여! 창작이여!

*
9월 25일

밤사이에 바닷물이 초원 있는 곳까지 밀려들어 왔다.
한사리 기간이다!
우리는 세상에서 고립되었다. 우편물이 들어오지도 못하고 우편물을 내보낼 수도 없다.
최후의 심판일이 온 것처럼 바닷가에서 천둥이 휘몰아친다. 폭풍우를 향해 비명을 질러 본다. 숨조차 쉬기 힘들다.
사람들이 바람에 떠밀려 가고 날아간다.
파도가 미친 듯이 날뛴다! 빗살 모양의 허연 거품들이 끝없이 밀려온다.
바다가 울부짖고 포효하고 뻑뻑거리고 쉭쉭거린다.
바다, 위대한 바다! 엄청난 괴물이여!
우리 인간은 조용히 있어야 한다.
감동하라! 숭배하라!

*
9월 28일

세상에서 고립되었다. 편지도 없고 우편물도 없다. 신문도 없다.
놀라운 안도감이 밀려온다! 세상에 나 혼자다.

이런 적은 처음이다!

나는 마치 죽을 날을 받아 놓은 사람처럼 숨 쉴 틈도 없이 글을 쓴다.

바다는 위대한 악마다.

*
9월 30일

폭풍우가 멎었다. 바다가 잔잔해졌다.

잔잔해진 바다는 마치 회색과 청색이 어우러진 넓고 평평한 육지처럼 보인다.

마지막 폭풍우들까지 전부 지나갔다. 밖에서도 또 안에서도.

나는 정화되었다.

완전히 자유롭다.

1막과 2막의 원고가 완성되었다.

내가 말할 수 있었던 것은 그게 전부다.

더 이상은 할 말이 없다.

*
10월 1일

우편물이 도착한다. 헤르타 홀크가 뮌헨에서 편지를 보냈다.

"나는 1주일 전부터 뮌헨에서 당신을 기다리고 있어요. 당신의 도착에 맞춰 만반의 준비를 하고 있어요. 시 외곽 슈바빙에 당신의 방도 구해 놓았어요.

뮌헨은 당신에게 딱 어울리는 곳이에요. 예술과 정신이 살아 숨 쉬고 토착적인 시민들까지 있어요. 당신은 여기서 활달한 친구들을 만나게 될 거예요.

편지 속 당신은 마치 새로운 사람처럼 느껴져요. 당신은 다른 사람이 되었어요. 당신의 답장을 고대하고 있을게요! 당신이 너무나 그리워요. 당신이 없는 나는 아무것도 아니에요."

짐을 쌌다. 그리고 이제 세상으로 나간다. 벽들이 내 머리 위로 무너진다.

날개를 퍼덕인다!

다음 단계가 시작되었다.

다시 한번 해변으로 달려간다. 저녁노을이 핏빛으로 물들고 있다.

트렁크 위에 하얀 종이 뭉치가 하나 놓여 있다.

첫 번째 장에 《예수 그리스도, 극적인 판타지》라고 적혀 있다.
두 번째 장에 "헤르타 홀크에게 바친다"라고 적혀 있다.

뮌헨!

다음 단계!

*
10월 4일

밤을 가르며 열차가 달린다!
저 멀리 불빛의 바다가 솟아오른다. 뮌헨이다!
숨을 깊이 들이마신다.
뮌헨의 공기다!
기분 좋은 예술적 경쾌함이 엄습한다.
헤르타 홀크가 역에 마중을 나왔다. 변했다. 왠지 그녀가 낯설게 느껴진다. 오죽하면 그녀를 단번에 알아보지도 못한다. 그녀가 두리번거리며 나를 찾는다. 나를 발견한 순간 그녀가 나를 향해 달려온다.
미하엘!
우리는 한참 동안 인사를 나눈다.
그녀가 뮌헨에 돌아온 것을 환영한다고 말한다.

*
10월 7일

우리는 카우핑거 거리를 따라 천천히 걸어간다. 저녁 6시다. 인생이여!

전통 복장을 입은 티롤 사람들, 챙이 넓은 모자를 쓴 예술가들, 군인들, 아가씨들, 귀부인들, 다림질한 옷을 입은 신사들.

차들이 도로를 쌩쌩 달린다. 그리고 마차들이 북적거리는 사람들 사이를 힘들게 뚫고 지나간다.

사람들의 흥분한 대화 소리가 들린다. 저쪽에 한 무리의 사람들이 모여 있다.

하지만 아무도 그런 것에 신경 쓰지 않는다. 행인들은 단지 예술가들의 도시 뮌헨의 경쾌한 공기를 들이마신다.

커다란 술집 안에서 뮌헨의 속물들이 맥주를 마시고 있다. 따스한 음식 냄새가 풍겨 나온다.

바깥은 벌써 날이 차다. 뮌헨은 가을이 아주 근사하다.

뮌헨이 큰 도시이기는 하지만 대도시는 아니다.

웃는 모습을 보면 그가 어떤 사람인지 알 수 있다.

✽
10월 12일

"이따금 나는 당신을 거의 이해 못 하겠어요."

"그건 내가 자꾸 변하기 때문이에요. 우린 계속 똑같은 상태로 머물 시간이 없어요. 우린 무한함 속으로 들어가야 해요. 점점 더 깊이, 더 진지하게, 더 조심스럽게.

누구나 마음속에서 벌어지는 일을 전부 말로 표현할 수는 없어요. 스스로도 제 마음을 정확히 모르기 때문이에요. 종종 가만히 내 마음에 귀를 기울여 보지만 마음속에서 무슨 일이 벌어지고 있는지 거의 알아차리지 못해요."

"당신은 스스로를 제2의 인물로 인식하는군요. 그래서 본래의 자신을 관찰하고, 본래의 자신을 따로 분리해 분석하는 거예요. 당신은 더 이상 예전의 당신이 아니에요. 계속 이런 식이면 당신은 고독해질 거예요."

"우리는 항상 둘이에요."

"맞아요, 하지만 당신 같이 그런 식은 아니에요. 당신은 스스로에게 흥미를 갖고 있어요. 그건 기인들이나 하는 짓이에요."

"인간의 영혼은 세상의 축소판에 불과해요. 우린 이미 예전에 이런 대립 쌍에 대해 이야기를 나눈 적이 있어요. 대우주와 소우주 말이에요.

나는 바깥세상에서 나를 당황시키고 격분시키고 불안하게 만드는 것들이 마음속에서는 더 분명하고 균일해지는 것이 보여요."

"현대적 정신은 절대 유미주의와 어울리지 않아요."

"오늘날 아주 많은 것들이 유미주의라는 이름하에 무시당해요. 이해력이 부족한 사람들은 그런 것을 제대로 이해하지 못해요.

우리가 더 진지해지고 더 과묵해지고 더 신중해지고 더 복잡해진 것이 잘못인가요? 요즘 시대 역시 그렇지 않은가요?"

"하지만 인간의 본성은 원래 더 가볍고, 더 경솔하고 더 단순해요."

"나는 잘 모르겠어요. 이런 문제들이 나를 아주 많이 괴롭혀요. 하지만 나 자신에게 그 어떤 압박도 가할 수 없어요. 나 스스로에게 길을 자유롭게 열어 놓아야 해요. 우리는 마음속에 들어 있는 생각을 끄집어낸 뒤에는 기다려야 해요."

"유약한 사람들의 도덕이 그렇게 시작되죠. 제일 간단한 것은 그냥 삶을 즐기는 거예요."

"맞아요, 정신적인 것은 마음껏 즐겨야죠. 정신은 자유로우니까요. 하지만 육체는 매여 있어요. 따라서 무조건 삶을 즐기는 것은 힘든 일이에요."

"첫걸음을 너무 가볍게 떼면 안 되죠. 길이 가파르고 빠르니까요."

"당신은 이제 나를 못 믿는군요."

"당신을 못 믿으면 대체 내가 뭘 믿어야하는 거죠?"

영국 정원(뮌헨에 있는 영국식 정원—옮긴이)의 드넓은 땅에서 잿빛 안개가 피어오른다.

나무들은 시커먼 실루엣만 보인다.
이곳은 고요하기 그지없다.
도시의 소음은 아득하게 멀어진다.

*
10월 14일

가을의 아름다운 마지막 날들이 지나가고 있다.
나무에 단풍이 곱게 물들었다.
이자르 강을 따라 산책을 한다.
 저 멀리 탑과 도시의 실루엣이 뚜렷하게 보인다. 비록 하늘은 잿빛이지만 밝고 명료한 풍경이 기운을 북돋는다.
 풍경에 눈길이 닿을 때마다 기분이 쾌적하다. 자연의 실루엣을 보며 눈이 잠시 휴식을 취한다.
 색깔들, 천 가지 색깔들이 어우러져 있다!
 가을은 섬세한 화가다.

성숙하라!
우리는 새로운 유형의 인간으로 성숙해야 한다.

*
10월 16일

피나코텍 미술관에서 뒤러의 〈네 명의 사도들〉을 감상한다. 깊은 감동이 밀려온다.

*
10월 18일

슈바빙 지구! 영원히 비등하는, 뮌헨에서 가장 격동적인 지역.

날마다 수많은 예술가들이 꿈과 동경을 품고 이곳으로 몰려든다.

예술가들과 진가를 인정받지 못한 천재들, 유미주의자들과 속물들, 비평가들과 혹평가들, 철학자들과 사이비 철학자들, 학자들과 잘난 체하는 사람들, 신을 찾는 사람들과 신을 향유하는 사람들, 신비주의자들과 열정적 설교자들.

이곳에서는 잘난 사람도 또 못난 사람도 좋든 나쁘든 자신들의 본성을 마음껏 표출한다.

한마디로 말해, 이곳에는 신도 있고 악마도 있다. 이곳은 공기마저 독특하다.

'뮌헨의 종기(腫氣)' 최근 어느 신문 기자는 슈바빙을 그렇게 불렀다.

이곳에서는 고요해 보이지만 물결이 소리도 없이 거품을 내며 부글부글 끓고 있는 활화산 위에 앉아 있는 것 같은 기분이 든다.

화가와 대학생, 시인, 그리고 슈바빙의 아가씨들이 오만한 자태로 거리를 활보하며 지나간다. 그들에게는 이곳이 마치 제 집처럼 너무나 친숙하다.

이곳 사람들의 사투리 억양은 잘 알아듣기 힘들다.

거의 모든 문학이 카페에서 이루어진다.

언젠가는 슈바빙을 한번 깨끗이 정리해야 한다. 이곳은 파괴적인 경향들의 부화장이다. 본래의 뮌헨과는 아무런 연관도 없다.

*
10월 21일

저녁나절, 헤르타 홀크와 함께 이반 비누로프스키를 방문했다. 그의 집에 도착했을 때 그는 막 차를 끓이고 있었다.

이반 비누로프스키는 그새 폭삭 늙었다. 많이 지치고 힘들어 보인다. 처음에 그는 나를 알아보지도 못한다(혹시 일부러 못 알아보는 척한 걸까?). 다음 순간 그가 무뚝뚝하고 퉁명스레 우리한테 인사한다.

그가 자신이 하고 있는 혁명 활동에 대해 이야기한다. 처음에는 정당에 들어가 일했는데, 그곳 사람들과 불화를 겪다가 당에서 쫓겨났다고 한다.

"그 쓰레기 같은 놈들은 전부 악마에 씌었소. 다들 제 주머니 채우는 일에만 혈안이 되어 있소. 일반적으로 모든 혁명은 사람들 때문에 실패하는 법이오. 그들은 새로운 세상을 맞이할 만한 그릇이 아니오."

"아직까지는 자신을 희생하고자 하는 사람이 너무 적어요. 우리는 조금 더 기다려야 해요. 시간이 해결해 줄 겁니다. 우리는 모든 여건이 성숙될 때까지 기다리면 돼요."

이반 비누로프스키가 반은 안타깝고 반은 조롱하는 눈빛으로 나를 쳐다본다.

"아니, 그렇지 않아요. 지도자들은 혁명을 거부해요. 혁명을 전혀 원치 않는 거죠. 그들은 경제가 아닌 다른 이야기를 할 때 웃어요. 그들은 뭔가 위대한 일을 해내고자 하는 의지가 없어요. 열정과 격정도 없고, 아무짝에도 쓸모없는 사람들이오."

"국민들이 먼저 바뀌어야 합니다. 독일인의 관점에서 이 문제를 고찰해 본다면, 우리 민족의 비참함은 국민들이 아직 잘못된 전통에 너무 깊이 사로잡혀 있기 때문이에요. 우리는 아직 독일인이 아니에요. 우리는 독일 역사의 아주 위대한 순간들에만 이따금씩 독일인이었습니다. 당신들은 우리한테 세계 공화국을 제안하는데, 그건 우리한테는 전혀 어울리지 않아요."

"유럽 연합국이라는 아이디어는 수십 년 전에 나온 가장 현명한 사상이오. 물론 그게 궁극적인 목표는 아니오. 그건 단지 완전한 것을 향해 나아가는 한 단계에 불과하오. 러시아 혁명가들은 우리한테 한 가지 목표를 제시했소. 자유로운 세상의 자유로운 인간, 그게 바로 목표요."

"아주 멋진 구호로군요. 하지만 그런 구호는 비참한 현실 앞에서 힘을 쓸 수 없어요. 지금 독일인들은 우리 자신의 문제만으로도 너무 벅차요."

"독일인들한테도 압박이 가해질 거요. 세계적인 이념은 속 좁고 괴팍한 속물들에 의해 무너질 수는 없어요."

"그럴지도 모르죠! 아무튼 압박이 성립되려면 두 가지가 전제돼야 해요. 압박하는 사람과 압박당하는 사람이요."

"아직 우리 집의 주인은 우리 자신이에요." 헤르타 홀크가 날카롭게 반박한다.

이반 비누로프스키가 미소를 짓는다.

몹시 지친 표정이다.

그는 이제 헤르타 홀크를 향해 말한다. 거의 여자처럼 나긋나긋하고 나직한 목소리로. 하지만 그녀의 얼굴은 쳐다보지 않는다. 그의 시선은 내내 무겁게 바닥을 향해 있다.

그러더니 갑자기 자리에서 벌떡 일어선다. 얼굴이 백지장처럼 창백하다. 하지만 그의 두 눈이 예전처럼 무섭게 이글거린다. 나는 그의 눈빛에서 눈을 뗄 수가 없다.

"하지만 언젠가는 분명히 그런 날이 올 거요. 그날은 분명 올 거요!

아마 나는 그날을 못 볼 거요. 당신도 마찬가지고. 그래도 그날은 분명이 올 거요. 우리의 노력은 절대 헛되지 않을 거요.

　세상은 유럽의 젊은이들이 전쟁터에서 하나의 이념을 위해 — 어쩌면 무의식적으로 — 피를 흘렸다는 사실을 절대 잊어서는 안 돼요. 하지만 그 이념은 아직 모든 사람들 마음속에 살아 있소. 식자들 사이에서는 신념이라는 이름으로, 신앙인들 사이에서는 예감이라는 이름으로. 사람들은 젊은이들의 입을 완전히 봉할 수 없소.

　설령 우리가 그날을 보지 못한다 해도 그게 무슨 문제가 되겠소. 새로운 시대의 선도자와 개척자가 되는 것만으로도 이미 충분한 성취를 맛보았다고 할 수 있소. 미하엘, 우리가 풍차의 날개와 싸우는 거라고 생각하지는 말아 주게. 높은 자리에 있는 사람들은 이미 무슨 일이 벌어지고 있는지 다 알고 있다네. 그들은 전략 전술만 살짝 바꾸었을 뿐이네.

　처음에 그들은 우리를 때려죽였네. 그런데 지금은 우리의 입을 완전히 봉쇄하고 있네.

　하지만 우리의 입을 막을 수는 없어.

　유럽은 우리의 말에 귀를 기울여야 하네.

　우리는 세상을 발효시킬 효모이자 세상의 소금일세."

　이반 비누로프스키는 완전히 진이 빠져 말을 중단한다. 그리고 그제야 우리의 존재를 알아차렸다는 듯 놀란 표정으로 우리를 쳐다본다. 그는 한참 동안 침묵한다.

　시간이 늦었다. 우리는 그의 집을 떠난다.

　"나는 이반 비누로프스키를 증오해요." 집으로 돌아가는 길에 헤르타 홀크가 말한다.

*
10월 23일

표현주의는 엉터리 추종자들 때문에 망한다.

그들은 대가들의 덕을 좀 볼까 해서 대가들의 뒤꽁무니를 열심히 쫓아다니는 것이다.

속물 지식인은 시대에 뒤떨어진 사람이 될까 봐 전전긍긍한다. 그런 속물들이 문학 작품 속에서 희화화된다.

"나는 펜으로 끼적거리기만 하는 우리 시대에 구역질이 난다."

신문 사설, 정당 연설, 의회의 슬로건 등이 우리 시대의 정신적 활동이 되어 버렸다.

책은 사치스러운 일이 되어 버렸다.

문학은 정당의 일이 되어 버렸다.

괴테의 작업 방식: 뭔가를 체험한다. 그 체험이 그의 심금을 건드린다. 며칠 혹은 몇 년 동안 무의식 속에 자리하고 있던 그 기억이 어느 순간 더 밝고 선명하게 떠오른다. 농축된 경험에 더 명료하고 순수한 새로운 체험 가치들이 덧붙여진다. 그제야 시인은 제 영혼 속에 이미 적혀 있던 것을 글로 옮긴다.

괴테는 본질적으로 인상주의 예술가다.

인상은 안으로 새기는 것이고, 표현은 밖으로 드러내는 것이다.

따라서 인상주의는 각인의 예술이고 표현주의는 표출의 예술이다. 그것은 완전한 비밀이다.

지난 10년 동안 우리의 내적 구조는 철저히 표현주의적이었다. 그것은 현재 유행하는 슬로건과는 전혀 무관하다.

우리 현대인들은 모두 표현주의자이다. 내면에서 뭔가를 끄집어내어 세상에 드러내 보이고자 하기 때문이다.

표현주의자는 마음속에 새로운 세계를 하나 건설한다. 표현주의자의 비밀과 힘은 열정에 있다. 그의 사고 체계는 대부분 현실에 부딪쳐 깨어진다.

인상주의자의 영혼: 소우주에 반영된 대우주의 모습

표현주의자의 영혼: 새로운 대우주. 세상 그 자체

세상에 대한 표현주의자의 감정은 폭발적이다. 그것은 자족적 존재의 독재적 감정이다.

*
10월 24일

고통스럽기도 하고 행복스럽기도 한 어느 저녁 이후: 헤르타 홀크와의 약속

나는 당신 앞에 무릎을 꿇고

당신의 영혼을 간절히
갈구했네.
당신은 내게 그것을 내주었네.
나는 두 손으로
너무나 부드럽고 너무나 섬세한 당신의 영혼이
내 손 안에서 깨어지지 않도록
조심스레 움켜쥐네.
당신의 영혼이
뜨거운 여름날
당신의 뜨거운 이마를
스치고 지나가는 남풍처럼
나직한 목소리로 노래를 부르네.

*
10월 27일

독일의 대학에서는 객관적인 학문이 많은 칭찬을 받는다. '시대가 반영되어 있는 고유한 정신의 주인들' 그들은 왜 용기 있게 자유로운 주관주의를 택하지 못할까?

사물의 노예가 되기보다는 차라리 스스로의 노예가 되라.

나는 시대 속에 두 발을 디디고 서 있다. 시대의 저지대에 서서 감격하는 마음으로 별들을 향해 나아간다.

이 시대 사람들한테는 절대적인 것이 딱 하나 존재하는 것처럼 보인다. 바로 상대성이다.

나는 자주 카페를 찾는다. 거기서 여러 강대국에서 온 사람들을 만난다. 그 외국인들은 독일적인 것을 아주 많이 사랑한다. 그런데 유감스럽게도 우리 독일인들은 독일적인 것에 대한 사랑이 갈수록 줄어들고 있다.

*
10월 29일

오늘은 헤르타 홀크의 스물세 번째 생일이다.
그녀에게 내가 직접 그린 몇 장의 그림과 귀한 《파우스트》 판본을 선물한다.
그녀가 몹시 기뻐한다.

속물적인 유대인들이 없는 뮌헨은 생각할 수도 없다.

*
11월 1일

슈타른베르크. 멀리 눈 덮인 산들이 보인다. 감동적일 만큼 아름답다!

위대한 시간! 다른 사람과 함께 보낸 꿈같은 시간들.
날들과 해들이 모인다.
우리는 세상이라는 대양에 떠 있는 평온하고 고요한 섬이다.
끝과 시작!
삶과 영원 사이의 경계!
도취, 충만, 존재! 나는 내 심장을 두 손으로 꽉 움켜쥔다.
나는 살아 있다!
오, 강한 삶의 충만함이여!
상징은 현실이 된다.
욕망은 고통이다.
나는 영원들 사이로 비틀거리며 걸어간다.
그리고 깊이를 알 수 없는 깊은 심연들 속으로 떨어진다.
나 자신은 더 이상 존재하지 않는다!

나는 당신에게서 다른 사람을 발견한다.
우리는 오랫동안 어두컴컴한 기차를 타고 달린다.
헤르타 홀크가 작은 소리로 흐느낀다.

*
11월 4일

베토벤의 〈9번 교향곡〉을 듣는다. 마지막에 지구가 멸망할 것 같은 생각이 든다.

내가 분투하고 투쟁하는 것처럼 다른 사람들도 전부 분투하고 투쟁하고 있다.

영원한 수수께끼: 탄생과 죽음

왜 우리는 이렇게 고통받아야 하나?

*
11월 6일

"요즘 나는 이곳 교수들과 극심한 갈등을 겪고 있어. 대학의 소수 귀족들을 도무지 견딜 수가 없어. 그들은 삶과의 연관성을 오래전에 잃어버렸어. 강의를 듣는 것은 마음에 들어. 물론 그중에도 항상 모조품은 있지만. 세세한 이야기로 너를 성가시게 만들고 싶지 않아. 단언컨대 이곳에 있으면 전문적인 장광설에 익숙해질 거야. 우리의 학문은 지금 최악의 질병에 시달리고 있어. 잘 지내라!

리하르트."

*

11월 10일

이반 비누로프스키가 나를 어느 작업실로 데려간다. 함부르크 출신 화가와 취리히 출신 조각가의 작업실이다.

조각가는 금발 머리의 아름답고 부드러운 여자다.

화가는 십자가에 못 박힌 예수 그리스도를 그리고 있다. 색채가 풍부하고 아이디어도 좋다. 하지만 대부분의 현대 회화들처럼 상당히 과장돼 있다.

화가와 이반 비누로프스키 사이에 논쟁이 벌어지더니 날카로운 설전이 오간다. 이반 비누로코프스키가 화가를 비웃는다.

나는 여류 조각가 옆쪽에 있는 소파에 앉아 있다. 우리는 두 사람의 대화에 거의 끼어들지 않는다.

여류 조각가의 이름은 아그네스 슈탈이다. 첫인상보다 실제가 훨씬 더 낫다.

*

11월 11일

뮌헨 사람은 속물이다. 하지만 세상의 다른 모든 속물들과 달리 한 가지 장점이 있다. 훌륭한 예술가들을 괴롭히지 않고 편안하게 내버려 둔다는 점이다.

헤르타 홀크가 나더러 곧 졸업 시험을 준비해야 한다고 말한다.

*
11월 15일

헤르타 홀크와 함께 현대 미술 전시회에 갔다가 취리히 출신의 조각가 아그네스 슈탈을 만난다.

우리는 한심하기 짝이 없는 수많은 새로운 작품들을 구경한다.

하나의 별: 빈센트 반 고흐

다른 그림 속에 섞여 있으니 반 고흐 역시 상당히 온순해 보인다. 하지만 그는 현대 화가들 가운데 가장 현대적인 화가다.

현대풍은 영웅적 태도와는 아무런 연관이 없다. 그것은 전부 학습을 통해 얻어진다.

현대적 인간은 필연적으로 신을 찾을 수밖에 없다. 어쩌면 기독교인일 수도 있다.

반 고흐의 삶은 우리에게 그의 그림보다 더 많은 이야기를 해 준다. 그는 가장 중요한 것을 내면에서 하나로 합치시켰다. 그는 교사이고 설교자이고 광신자이고 예언자다. — 그는 미쳤다.

우리는 한 가지 이념을 갖고 있을 때 결국에는 모두 미쳐 버린다.

사랑의 광신자: 희생정신!

삶은 가장 가까운 사람들을 위한 희생이다.

그리고 나에게 가장 가까운 사람들은 같은 피를 가진 사람들이다.

피는 여전히 가장 좋고 가장 튼튼한 접착제다.

전시회를 구경하는 것은 이루 말할 수 없을 만큼 고통스럽다.

현대 독일인에게는 현명함과 생기가 없다. 새로운 원칙으로 대두된 거침없는 행동, 자기희생, 국민에 대한 헌신 역시 없다.

아주 훌륭한 그림을 발견한다. 반 고흐가 벨기에에서 시커먼 광부들 사이에 앉아 그들에게 산상 수훈을 설명하는 그림이다.

우리 현대 독일인들은 기독교 사회주의자들과 약간 비슷한 것 같다.

예수 그리스도는 사랑의 천재다. 따라서 증오의 화신이라 할 수 있는 유대인들과는 대척점에 서 있다. 유대인은 이 세상 모든 인종들 가운데 가장 비열하다. 그들은 인간의 몸에 기생하는 세균과 똑같다. 사람의 건강을 해칠 뿐만 아니라 병들어 죽을 날이 얼마 안 남은 생명체를 더 빨리, 그리고 더 조용히 죽게 만든다.

예수 그리스도는 최초의 위대한 반유대주의자다. "너는 모든 국민들을 먹어 치울 것이다." 예수 그리스도는 유대인에게 전쟁을 선포했다. 그래서 유대인들은 예수 그리스도를 제거해야만 했다. 장차 세계를 장악하려는 유대인의 미래의 토대를 흔들었기 때문이다.

유대인은 인간의 모습을 한 거짓이다. 유대인은 역사상 최초로 영원한 진실을 덮기 위해 예수를 십자가에 못 박았다. 그리고 그 이후 2천 년 동안 열두 번이나 똑같은 일을 반복했고 오늘날에도 새로이 반복하고 있다.

희생의 이념은 예수 그리스도를 통해 처음으로 가시화되었다. 다른 사람을 위해 자신을 바친다는 의미에서 희생은 사회주의의 본질에 속한다. 물론 유대인은 희생이라는 것을 전혀 모른다. 유대인의 사회주의는 다른 사람들이 그들을 위해 희생하는 것을 의미한다.

실제의 마르크스주의 역시 그와 비슷하다.

네가 가진 것을 가난한 자들에게 나눠 줘라: 예수 그리스도

사유 재산은 절도다 — 그 재산이 내 것이 아닌 한: 마르크스

기독교 사회주의자. 전 세계 사회주의자들이 동정심이나 국가 이성에 의해 행하는 일을 자발적으로 기꺼이 행하는 자를 그렇게 부른다.

정치적 견해에 맞설 도덕적 필요성들.

오늘날 우리가 승리할 때까지, 아니면 비참한 파국을 맞을 때까지 지속하는 싸움은 본질적인 의미에서 예수 그리스도와 마르크스 사이의 싸움이다.

예수 그리스도: 사랑의 원칙

마르크스: 증오의 원칙

우리는 오랫동안 카페에 앉아 있다. 현대 미술 전시회의 여운이 한참 동안 가시지 않는다. 우리 시대는 소망하는 것은 너무 많고 능력은 너무 부족하다.

낯선 열정들의 황홀경은 충분히 맛보았으니 이제 나는 현실로 돌아가고 싶다.

위를 향한 우리의 충족될 수 없는 동경은, 바닥을 탄탄하게 다진 오래 지속되는 대지 위에 우리가 흔들림 없이 힘차게 서는 일과 양립할 수 없을까?

타국에서 온 무뢰한들은 독일 예술계에서 사라져야 한다.

독일 예술의 운명은 우리 착한 독일인에게 달려 있다.

아직 독일 정신에는 미래의 가능성이 충분하다.

언제쯤 우리 독일의 침묵하는 사람들이 입을 열기 시작할까?

우리는 독일의 미래에 노동하는 국민이 될 날을 기다리고 있다.

*
11월 17일

헤르타 홀크는 나에게 고통이자 구원이다. 그녀는 내게 천국과 지옥을 동시에 맛보게 한다.

고통스러운 나날 속에서 나는 그녀 없이는 하루도 살 수 없다.

*
11월 23일

요즘 나는 이반 비누로프스키와 그의 러시아 친구들과 자주 어울린다.

헤르타 홀크가 이런 나 때문에 몹시 힘들어한다.

*
11월 25일

정치가 사람의 성격을 망친다.
이 말은 부끄러운 줄도 모르고 자신이 독자적인 의견을 갖고 있지 않다고 당당하게 말하는 정치꾼들의 저급한 핑계다.

*
11월 28일

함부르크에서 온 엽서.
"친애하는 미하엘! 섬에서 우리가 함께했던 시간을 기억하나요? 나는 아직도 그때가 생생하게 기억나요. 지금도 여전히 그때처럼 피부가 갈색인가요?

나도 빨리 미하엘처럼 대학생이 되고 싶어요.

당신의 충실한 친구가 안부 인사를 전합니다.

구스타프 아돌프 올림."

*
12월 1일

샤크 미술관(19세기 독일 화가들의 작품과 복제 제품을 전시하는 미술관—옮긴이). 독일의 화가들이여!

슈빈트, 슈피츠베크. 나는 한참 동안 포이에르바하의 〈피에타〉 앞을 떠나지 못했다.

목적지를 정하지 않고 무작정 뮌헨을 돌아다니다 보면 어느 순간 오래된 건물 앞에 서 있는 자신을 보게 된다. 은밀하고 한적한 교회가 조급함이 일상이 되어 버린 우리 시대와 어울리지 않게 다정한 미소를 짓고 있다.

*
12월 3일

극장에서 헵벨의 〈니벨룽겐〉 공연을 봤다. 적색의 조명과 따뜻한 청색의 배경. 적절한 동작과 절제된 열정이 잘 드러난 언어와 문체.

연극은 경험이다.

인간은 타고난 재능으로 완벽함에 가까이 다가갈 수 있다.

*
12월 6일

작업실 파티. 단순하지만 미적 감각이 넘치는 세련된 장식들을 몇 개 하자 크고 썰렁했던 공간이 요정들의 궁전으로 바뀌었다.

화려한 옷차림을 한 여자들.

기분이 아주 좋다! 즐거운 기분에 휩싸인 사람들이 나쁜 기억들을 잊고 서로를 용서한다.

이 얼마나 아름다운 인생인가!

음악과 춤!

현악기의 아름다운 선율이 흐른다.

펑 소리와 함께 첫 번째 샴페인 병을 터뜨린다.

이어서 터져 나오는 흥겨운 노랫소리와 환호성.

사람들이 노래하고 함께 비명을 지른다.

포옹, 우정, 영원한 우정.

검정색과 빨간색의 옷을 입고 있는 아름다운 여자들!

하지만 그중에서도 가장 아름다운 여자는 바로 헤르타 홀크, 당신이다!

스위스 시민 계급 출신의 아그네스 슈탈. 우린 오랫동안 함께 앉아 이야기를 나눈다. 그녀가 자신의 예술에 대해 이야기한다.

아그네스 슈탈과 헤르타 홀크는 대화가 아주 잘 통한다.

아그네스 슈탈은 말수가 적은 편이다. 하지만 그녀는 침묵할 때도 사람들의 호감을 산다.

트집 잡는 데 혈안이 된 비평가들이여, 제발 악마가 너희들을 붙잡아 가기를!

음악과 춤. 현악기의 아름다운 선율이 흐른다.

검정색과 빨간색의 옷을 입고 있는 아름다운 여자들!

하지만 그중에서도 가장 아름다운 여자는 바로 헤르타 홀크, 당신이다!

*
12월 7일

   예술가라는 사람들은 삶을 그다지 무겁게 여기지 않는다.
   품위 있는 향유. 그들은 그런 식으로 삶의 비참함을 극복한다.
   가장 심오한 사람들은 이내 그들에게서 분리되어 자신의 길을 걸어간다.
   그래도 이 예술가 집단은 죽을 때까지 삶을 그다지 무겁게 여기지 않는다.

*
12월 9일

   신문에서 비방과 욕설이 난무한다. 기자들은 무책임한 낙서꾼들이다!
   국민들이 거리에 나와 시끌벅적하게 시위한다. 그런데도 지배자들은 탁상공론만 벌이다가 태연자약하게 자기 역할을 끝낸다.
   낡은 유럽은 사라지고 있다.
   아, 세상이 미쳐 돌아간다! 경제여!

   비밀스런 어떤 힘에 이끌린 것처럼 사람들이 거리로 몰려나온다. 거리에 온갖 사상들이 난무한다. 이곳에서 세계사의 일부가 이루어진다. 고무적인 일은 아니지만 어쨌거나 세계사의 일부다. 진지한 사람이라면 그걸 보며 생각할 게 많다.

나는 그 모든 것을 단지 나의 내면의 인물을 만들 때 함께 쓸 소재로 간주한다.

사람들은 스스로 세상의 중심이 되어야 한다. 그래야 모든 것이 그를 중심으로 돌아간다.

*

12월 13일

극장에서 나와 보니 마리엔플라츠 광장이 눈에 뒤덮여 있다. 눈밭으로 변한 광장에 노란 달빛이 비친다.

풍경이 어찌나 고즈넉하고 멋스러운지 마치 베니스 공화국 시대의 한 장면 같다.

*

12월 18일

슈베르트의 〈겨울 나그네〉를 듣는다. 바리톤이 영혼을 울리는 아주 멋진 목소리를 가지고 있다.

빈의 음악가가 죽음을 이야기한다.

그야말로 이중으로 감동을 준다.

뮌헨에서는 음악을 할 수 있다.
뮌헨은 음악을 사랑하는 오스트리아와 견줄 수 있는 독일의 도시다.

*
12월 20일

예술 지상주의는 독일의 예술적 정서에서는 죄악이다.

정치가 거리에서 행해진다.
거리는 몰락하는 문명의 특징을 보여 준다.
내가 잘못된 길을 가고 있는 걸까?
내 눈에는 더 이상 별이 안 보인다.

*
12월 23일

산으로 간다. 저 멀리서 하얀 구름이 나를 향해 인사한다.
내 방 창문은 거인처럼 우뚝 서 있는 산맥 쪽으로 나 있다. 아침에 일어나면 경건한 마음으로 경외심을 담아 산을 올려다본다.

거인들이여!

나의 사고가 너희들을 닮게 해다오.

나의 사고가 무럭무럭 자라서 너희들의 웅대함에 닿게 해다오.

*

12월 24일

내가 동경해 온 것들: 산맥의 성스러운 고독과 고요함 그리고 아무도 지나가지 않은 하얀 눈밭.

대도시에는 완전히 질려 버렸다.

이 산속에서 나는 다시 고향에 돌아온 것 같은 평온함을 느낀다. 몇 시간씩 순백의 처녀를 닮은 산속에 앉아서 나 자신을 되찾는다.

*

12월 25일

헤르타 홀크가 크리스마스트리에 불을 켠다. 고향 집이 생각난다.

친숙한 크리스마스 캐럴들.

잃어버린 조국에 대한 그리움이 울컥 치솟는다.

헤르타 홀크와 선물을 주고받는다. 그녀한테서 받은, 손때 묻은 아름다운 신약 성서가 내게 커다란 기쁨을 준다.

감사의 마음을 담아 헤르타 홀크에게 '당신은 나의 위안이자 힘'이라고 말해 준다.

*
12월 29일

헤르타 홀크와 사소한 말다툼이 계속된다. 우리는 서로에게 상처를 입힌다.

맑고 차가운 밤길을 걷는다. 하늘에 별이 총총하다. 땅에서 수증기가 피어오른다.

행복한 산책!

말없이 침묵하며 시대정신에 가까워진다.

마치 노래하듯 바람이 나무들을 스치며 지나간다.

아주 오래된 대지의 노래.

*
12월 30일

오, 산맥이여! 높다란 탑들이여!

*

12월 31일

한 해의 마지막 날! 올 한 해를 결산해 본다.

도덕적으로, 또 정신적으로 발전하고 성숙했다.

내면적으로는 더 강해졌고 더 명료한 인식과 더 확고한 믿음을 추구한다.

나는 아직 정확히 정체를 모르는 무언가에서 구원을 찾고 있다. 하지만 확실한 것은 나는 아직 삶의 지표가 될 만한 인식에 도달할 만큼 충분히 성숙하지 못했다는 것이다.

삶은 무겁다.

하지만 우리는 그것을 극복해야 한다. 그리고 스스로 제 삶의 주인이 되어야 한다.

나는 헤르타 홀크를 사랑한다. 날이 갈수록 더 깊이 그녀와 연결되어 있다고 느낀다.

우리 모두 언젠가는 구원받아야 한다.

세상이 사방팔방에서 우리를 잡아당긴다. 우리는 무관심과 연민 때문에 잘못을 범하고, 물려받은 옛날의 죄에 새로운 죄를 더한다.

우리의 삶은, 알 수 없는 법칙에 따라 작동하는 운명이 지배하는 죄와 속죄의 연속이다.

죄와 속죄를 통해 새로운 독일 사람이 된다.

밖에서 열두 시를 알리는 종이 울린다.

우리는 손을 맞잡고 서로에게 축복의 말을 하나씩 해준다.

헤르타 홀크가 내게 해준 말. "당신은 조국의 난국을 타개하는 그런 사람이 될 거예요."

납을 녹인 물로 신년 운수를 점쳤더니 날개를 활짝 펼친 독수리상이 나왔다.

우리는 밤늦도록 함께 앉아 있다.

헤르타 홀크는 나에게 자신의 충만한 영혼을 전부 쏟아붓는다.

*
1월 2일

산에 눈이 내렸다.

*
1월 4일

꿈을 꾸었다.
당신의 꿈을.
당신은 내 옆에 누워 있었다.
창백한 달빛이 당신의 왼손에 살포시 내려앉았지.

눈처럼 새하얀 당신의 손.

하지만 오른손은 당신의 심장 위에 놓여 있었지.

가슴이 오르락내리락할 때마다

당신의 오른손도 같이 오르내렸다.

나란히 누워 당신과 언쟁을 벌이는 동안

당신은 낙담한 목소리로

내 이름을 불렀지.

간절히 애원하는 듯한 나직한 목소리.

그 목소리를 듣는 순간 내 가슴이 찢어졌다.

그건 슬픔이었다. 또한 욕망이고 고통이었다.

마치 당신의 부름에 화답하는 것처럼 나는 자리에서 벌떡 일어났다.

그리고 당신의 침대 앞에 무릎을 꿇고

당신의 가슴에 고개를 파묻었지.

그리고 당신의 하얀 손에 입을 맞추었다.

*

1월 10일

야레스차이텐 음악당에서 현악 연주를 듣는다.

네 개의 악기로 구성된 현악 사중주곡이다. 악기들이 이야기를 시작한다.

첼로가 주제를 풀어 놓는다!

제1바이올린이 주제를 희화화한 뒤 모든 악기들이 함께 연주한다. 다툼과 토론. 네 개의 악기가 경쟁하듯 연주한다. 각각의 악기는 맡은 바 역할을 충실히 수행한다. 갑자기 한 악기가 저도 모르게 자신의 역할에서 벗어나자 다른 연주자들이 그를 비웃으며 조롱한다. 하지만 그는 진지하게 울고 흐느끼면서 저항한다. 그러자 모든 연주자들이 감동하며 따라 운다. 그들은 서로의 말이 어긋났었다는 것을 알아차린다. 여기서 말이란 손을 의미한다. 우정이여 영원하라!

연주자들은 잠시 더 수다를 떨듯 행복한 화음을 만들어 낸 뒤 집으로 돌아간다. 모차르트의 현악 사중주다.

베토벤 최후의 현악 사중주: 묵시록

사람들은 종말이 다가옴을 느끼고, 무한함 속에서 더듬더듬 길을 찾아 헤맨다. 그리고 영원의 문 앞에 이르러 안으로 들어오라는 허락을 기대하며 문을 두드린다.

나는 별이 총총한 밤에 산책을 했다.

*

1월 15일

거리! 나는 거기서 벗어나지 못하고 산산조각으로 부서진다.

정치! 사람들이 소용돌이 속으로 휩쓸려 들어간다.

우리 독일인들은 예전부터 정치를 별로 하지 않았다. 우리가 전쟁에서 진 이유가 어쩌면 그것 때문인지도 모르겠다. 우리는 정치를 늘 학문 혹은 기껏해야 하나의 직업으로 간주했을 뿐, 단 한 번도 정치를 국민 전체에 관한 일로 생각한 적이 없다.

정치, 그것은 빵에 대한 관심이다. 빵은 신의 선물이 아니라 투쟁으로 얻고 지켜 내야 하는 것이다.

우리에게 오늘 일용할 양식을 다오. 아니다, 오늘은 물론이고 영원히 양식을 얻을 수 있는 축복을 내려다오.

너희들은 우리가 빵을 구하려 애쓰는 것을 유물론이라고 부르는가? 아니, 그건 아니다! 그것은 가장 원초적 형태의 실용적 관념론이다. 가장 기본적인 생활 조건을 확보하고자 애쓰는 것은 보물이나 금을 얻고자 애쓰는 것과는 차이가 있다.

저 바깥 길거리에는 얼굴이 창백한 가난하고 슬픈 사람들이 길게 줄지어 행진한다. 빵을 달라, 빵을 달라, 외치면서!

마치 미친개를 쫓아 버리듯 그 사람들을 무력으로 쓰러뜨리는 것을 너희들은 애국심이라고 부르는가?

사람들이 우리 민족을 강제로 굴복시켰다. 세상을 지배하는 민족은 노예의 직무를 다해야 한다. 위에서 아래까지, 아래에서 위까지.

민족 전체가 그것에 맞서 전선을 형성해야만 한다. 위에서 아래까지, 아래에서 위까지.

그런데 불행하게도 위와 아래 사이에 오만의 벽, 재산의 벽, 교육의 벽이 가로놓여 있다. 우리는 더 이상 서로를 이해하지 못한다. 우리는 한 민족이 아니라 두 개의 파벌이다. 서로 잡아먹을 듯이 싸우는 파벌. 그래서 우리는 세상을 지배하는 강대국들의 손아귀에 들어간 장난감 공이 되었다.

위와 아래가 하나가 될 때, 세상은 우리의 것이 된다.

하지만 연설과 각오만 갖고서는 절대 그것에 도달하지 못한다. 성스러운 폭풍우가 깨끗이 휩쓸고 지나가야만 가능해진다.

우리는 처음부터 새로 시작해야 한다.

몇몇 선구자들이 깃발을 들고 증오와 사랑의 검을 손에 쥐고 앞장서서 길을 개척할 것이다.

그들의 말에는 이미 행동이 내포되어 있다.

공화국 만세!

밖에서 사람들이 그렇게 소리친다. 대체 공화국이 우리와 무슨 상관이 있단 말인가. 독일 만세! 독일의 미래 만세!

우리는 언젠가 역사의 재판정에서 자신을 변호해야 한다. 그 재판정에서는 "너희들은 공화국을 지켜 냈느냐?"고 묻지 않고 "제국은 어디 있느냐? 너희들은 독일을 어디에 버렸느냐?"고 물을 것이다.

이반 비누르고프스키는 나의 수호신이다.

헤르타 홀크는 나의 고통을 이해하지 못한다.

나는 허물어뜨리고 새로 구축해야 한다.

마지막 돌멩이 하나까지 전부 다.

그런데 아무런 해결책도 찾을 수가 없다. 절망스럽다.

*

1월 18일

헤르타 홀크는 계속 나에게 고통을 안겨 준다.

*

1월 22일

"이반 비누로프스키, 당신은 내가 가진 마지막 것까지 앗아 가려 하는군요. 조국 말입니다. 당신은 나를 빈털터리로 만들고 있어요."

"그건 단지 과도기의 고통이오. 나는 당신에게 최후에 대한 용기를 갖도록 가르치고 싶소."

"나는 지금 절망에 빠져 있어요."

"세상이 우리를 절망하게 만드는 거요."

"나는 더 이상 살 수 없어요."

"많은 사람들이 이미 그렇게 말했소. 하지만 진실을 말하는 사람은 소수요."

"당신은 악마예요."

"악마는 추락한 천사요."

"나는 당신을 증오해요!"

"그건 아무래도 상관없소. 하지만 나는 당신을 놓아주지 않을 거요, 미하엘."

"왜 당신은 나를 선택했나요?"

"그건 당신이 깨끗하고 열정이 있기 때문이오. 당신은 우리한테 새로운 희망이오."

"제발 나를 놓아줘요. 맹세할게요. 나 혼자서도 그 길을 찾을 거라고."

"당신은 아직 과거의 잔재에서 벗어나지 못했소. 그래서 너무 먼 길을 돌아가고 있소. 그것 때문에 내 시간도 너무 많이 앗아 가고 있소."

"당신은 내가 독립적인 인간이 되는 것을 포기하기를 바라나요? 나더러 당신의 노예가 되라는 말인가요?"

"맞소!"

내가 자리에서 벌떡 일어서자 갑자기 그의 얼굴이 창백해지더니 본능적으로 한 걸음 뒤로 물러선다.

나는 더 이상 감정을 제어하지 못하고 그의 얼굴을 향해 주먹을 날린다.

그러고는 마치 정신을 잃은 사람처럼 안락의자에 털썩 주저앉는다.

이반 비누로프스키는 계속 침묵한다.

그러다 갑자기 내게 다가와 내 손을 붙잡고 용서를 구한다.

*
1월 26일

나는 절망한다.
헤르타 홀크, 나는 당신을 잃고 제정신이 아니다!

*
1월 28일

나는 예수 그리스도에게 한 약속을 지키지 못했다.

*
1월 31일

"헤르타 홀크, 당신은 나를 통 이해하려 들지 않는군요!"
"나는 정말이지 당신을 이해 못하겠어요."
"그럼 우리는 끝이에요."
"나는 아직까지는 희망을 버리지 않았어요."
"내 마음속은 이미 까맣게 다 타버렸어요."
"그건 당신이 다른 불꽃으로 타올랐기 때문이에요."
"나는 그걸 막을 수 없어요."

"막아야만 해요. 그래야 당신 자신을 되찾을 수 있어요."
"제발 나를 버리지 말아요."
"당신이 스스로를 버리지 않는 한 나는 당신을 버리지 않아요."

*
2월 5일

이 도시와 이 도시의 사람들이 이젠 신물 난다. 이곳에서 나는 황폐해졌다. 병이 든 게 확실하다.

가슴속이, 머릿속이, 그리고 심장이 마구 뛴다. 마치 누군가 망치로 두드리는 것 같다.

나를 도와줄 사람이 하나도 없단 말인가?

성경을 읽어 보지만 거기서도 해결책을 못 찾는다.

*
2월 10일

사람들을 떠나라. 나 자신한테로 도망쳐라!
이곳에 있으면 나는 무너질 것이다.

*

2월 15일

산 속으로 가자! 신들이 있는 곳으로!
나 자신을 찾아야 한다.
모든 것을 버려야 한다. 도시를, 사람들을, 그리고 세상을.
더 이상 아무것도 보지 말고 더 이상 아무 소리도 듣지 말라!
고독 속에서 혼자가 되라!

*

2월 18일

이곳에서 나는 찾을 것이다!
눈과 영원!
산맥, 친구들!
거인이여, 너는 나의 신이다!
최고의 고독 속에서 너는 우뚝 솟아 있구나.
빛! 빛이 있으라!
찢겨진 내 심장 속으로 조용히 평화의 공기를 들이마신다.
이제부터 나는 노동을 할 것이다. 아마도 노동이 내게 위로가 될 것이다.

✱
2월 20일

《예수 그리스도》의 서문. 세상 앞쪽 황무지에 있는 시인과 시대정신.

> 시인:
> 정신은 영원히 하나의 똑같은 정신이다,
> 정신이 우리를 하나로 묶는다.
> 정신은 선한 의지들을 자기 쪽으로 끌어당긴다.
> 그런데 지금은 정신이 쇠약해져 고통받고 있다.
> 하지만 마지막 사투를 벌이면서
> 정신은 강자들을 서로 떼어 낼 것이다.
> 정신은 신이다!
> 나는 신을 믿는다.
> 모든 것이 무너지면
> 우리는 마지막 널빤지를 붙잡는다.
> 그리고 안전한 항구에 도착해
> 성스러운 옛 유럽이
> 마치 신에 대한 믿음을 저버린 사회처럼
> 무너지는 모습을
> 바라본다.
> 게임이 시작된다.

*
2월 27일

노동이 나를 구원한다.
나의 용기 부족이 부끄럽다.

《예수 그리스도 — 판타지》의 3막이 완성되었다.
아직 모든 것을 다 털어놓지는 못했다.
하지만 구원의 말을 발견한다.

*
3월 6일

나는 길을 안내하는 사람이 되고 싶다.
나는 조국에 봉사하고 싶다.
길을 개척하고 싶다.

*
3월 10일

"미하엘, 요즘 나는 자네 생각을 많이 하고 있네. 자네는 나의 희망일세. 자네가 인류의 문제에서 실패할 거라고는 믿을 수 없네. 자네는 절대 배신자가 아니네! 자네는 수호신을 신으로 만들기 전까지는 절대 수호신에게서 벗어날 수 없네.

    우리는 자신을 희생하기 위해 이 지상에 태어났네.

이반 비누로프스키."

*

3월 16일

"내 인생은 당신 때문에 너무 고통스러워요. 당신은 내게 세상에서 제일 큰 쓸쓸함을 맛보게 해요. 당신의 편지에서 느껴지는 그 모든 불안감이 나를 얼마나 불행하게 만드는지 모를 거예요. 끔찍한 일이 예상되지만 나는 기다리는 것 말고는 아무것도 할 수 없어요. 그게 제일 끔찍한 일이에요. 왜 우리는 서로를 더 이상 이해하지 못할까요? 지금 이대로의 나를 고수하면 안 되는 건가요?

    하지만 나는 달라질 수가 없어요. 달라질 수가 없다는 내 말 듣고 있어요? 나는 당신을 몹시 사랑해요. 그래서 당신이 걱정돼 죽겠어요. 당신이 절망하면 나 역시 절망에 빠져요. 그럼 나는 지탱할 수 있는 버팀목이 하나도 없어요.

헤르타 홀크."

*
3월 22일

마치 펜에 날개가 달린 것처럼 글이 술술 써진다. 이제 내 마음속에는 오로지 작품에 대한 생각뿐이다.

*
3월 30일

예수 그리스도는 죽었다, 예수 그리스도는 살아 있다! 나는 그를 새로이 보았다. 현재의 모습 그대로. 이제 머릿속에 든 것을 다 털어놓았다.

5막의 원고까지 나왔다. 드디어 작품이 완성되었다.

*
4월 4일

《예수 그리스도》의 에필로그. 세상 뒤쪽 황무지에 있는 시인과 시대정신.

시인:

"나는 축복받았다,

마음속에서 고통이 사라진다.

잠에서 깨어난다.

나는 살아 있다, 나는 믿는다!

강력한 힘을 지닌 단어, 너는 내 고통의 구원자다.

나는 두 손으로 너를 붙잡아

반짝거리는 시대의 봉화로

너를 다듬는다.

그리고 자리에서 일어선다.

이제 내게는 죽은 자들을 일깨울 수 있는

힘이 있다.

망자들이 깊은 잠에서 깨어난다.

망자의 숫자가 처음에는 몇 명 안 되더니 갈수록 늘어난다.

몇 줄에서 금세 엄청난 대군으로 불어난다.

하나의 민족, 하나의 공동체.

생각이 우리를 묶어 준다.

우리는 믿음 속에서 하나가 된다.

새로운 형식과 약속의 이행에 대한

강력한 의지 속에서

새로운 제국이 만들어진다."

*

4월 10일

요양 마지막 날이다. 다시 삶으로 돌아간다.
영원한 투쟁!
다시 투쟁할 수 있을 만큼 나 자신이 강해진 것을 느낀다.

*

4월 15일

뮌헨!
북적거리는 사람들 속으로 뛰어든다.

내 방 책상 위에 헤르타 홀크한테서 온 편지가 놓여 있다.
"우리 이제 그만 헤어져요. 안녕! 더는 이 고통을 견딜 수 없었어요.
당신 때문에 계속 눈물이 나요. 잘 지내요!"

나는 그녀의 집으로 달려간다.
"홀크 양은 사흘 전에 떠났습니다."
"어디로 갔나요?"
"그건 모릅니다."

나는 제정신이 아니다. 절망이 엄습한다.

바깥으로 뛰쳐나간다.

비가 얼굴을 때린다.

고독!

삶은 가혹하다.

아무래도 사람들과 어울리지 말아야 할 것 같다. 사람들과의 관계는 내 마음을 완전히 짓이겨 버린다.

나는 누구하고도 어울리지 않고 혼자 살아야 하는 팔자인가 보다.

빗물과 오물로 뒤덮인 거리를 뚜벅뚜벅 걸어간다. 행인들이 나를 비웃는다.

나는 거친 사람들과 함께 일할 수는 없다.

나는 젊었었다. 하지만 꿈은 깨졌다.

저녁 늦게야 집으로 돌아온다. 아무것도 먹을 수가 없다.

책상 위에 하얀 종이 뭉치가 놓여 있다. 내가 쓴 희곡 작품이다.

그것을 구석으로 휙 던져 버리자 종이들이 허공으로 날아간다.

흩어진 종이들 속에서 뭔가를 찾는다.

마침내 그것을 발견한다.

희곡의 두 번째 페이지다.

"헤르타 홀크에게 바친다"라고 적혀 있다.

갑자기 마음이 약해진다.

그 종이를 난로 속에 집어넣는다. 종이가 빨간 불꽃으로 타오른다.

난로 옆에 서서 그 광경을 쳐다본다.

인생은 늘 이런 식이다.

맞다, 그녀는 아마 이 모든 게 나의 고집 때문이라고 말할 것이다. 하지만 바로 그게 나다. 나는 다른 사람이 될 수 없다.

눈물이 차오른다. 휴우, 비겁한 영혼이여!

스스로를 비웃는다.

하지만 금세 다시 기분이 엉망이 된다. 증오, 노여움, 분노가 치솟는다! 주먹으로 벽을 내리친다. 그리고 내 몸을 마구 때린다.

내 인생에 저주를 퍼붓는다.

이반 비누로프스키를 증오한다.

나는 이제 더 이상 제정신이 아니다.

헤르타 홀크의 사진에 천 번쯤 키스를 퍼붓는다. 어린아이가 된 것 같은 기분이다. 하지만 그것 때문에 수치스럽지는 않다.

다음 순간 헤르타 홀크의 사진을 떼어 낸 뒤 불길 속으로 던져 버린다.

완전히 지쳤다. 그런데도 잠이 오지 않는다.

비명을 지르고 짐승처럼 포효하고 싶다.

나는 이제 모든 것을 잃어버렸다!

*
4월 20일

헤르타 홀크의 마지막 편지.

"미하엘! 마지막으로 당신의 사랑스러운 이름을 불러 봅니다. 이 이름에 당신으로 인해 겪은 모든 고통과 나의 선함을 전부 실어 보내요. 지금은 밤이에요.

지금 나는 몹시 불행해요. 당신이 내가 원하는 만큼, 또 내가 행복해지기 위해 필요한 만큼 사랑해 준 처음이자 마지막 남자였기 때문이에요. 이제 나는 모든 것을 잃었어요. 돌아갈 수 있는 다리도 무너져 버렸어요. 잃어버린 사랑 때문에 나는 날마다 눈물로 밤을 지새워요.

제발 내가 다시 한번 당신한테 다가서는 것을 허락해 줘요. 당신에게 내 마음을 전부 쏟아붓는 것을 거부하지 말아요. 나는 변하지 않았어요. 여전히 나는 예전에 당신이 알고 있던 그 헤르타 홀크예요. 다만 지금은 그 헤르타 홀크가 극심한 불행에 빠져 있을 뿐이에요. 항상 내가 먼저 손을 내미는 것은 부당해요. 지금 나는 더 이상 살고 싶은 마음이 없을 정도예요.

왜 우리의 길은 서로 달라졌을까요? 다양한 정신적 발전이 우리를 서로에게서 멀어지게 만든 것이 확실해요. 뮌헨에 있을 때만 해도 당신의 모든 행동은 사소한 것에 이르기까지 전부 이해할 수 있었어요. 그리고 당신은 어느 누구에게보다 더 많은 시간을 내게 할애했어요.

그런데 어느 날 갑자기 당신은 새로운 태도를 보였고, 결국 나는 당신에게 절망하기 시작했죠. 특히 나에 대한 당신의 사랑에. 나의 믿음이 흔들린 거죠.

우리 여자들은 남자에 대한 믿음 없이는 살 수 없어요.

앞으로도 오랫동안 내 심장은 전부 당신 거예요. 지금까지 나는 내 모든 생각을 당신에게 감춘 적이 없어요. 심지어 당신에 대한 걱정까지도 솔직히 털어놓았어요. 그런데도 당신은 나를 떠났어요. 당신을 붙잡고 싶었지만 그럴 수 없었어요. 당신을 너무 사랑했으니까요. 당신의 사랑에 대한 의심이 싹트기는 했지만 억지로 붙잡으려다 당신을 완전히 잃을지도 모른다는 두려움 때문이었어요. 그것 때문에 내가 얼마나 큰 고통과 균열을 겪었는지 당신은 모를 거예요. 그제야 나는 당신에게 얼마나 깊이 묶여 있는지 깨달았어요.

당신을 잃은 아픔에 괴로워하며 잠 못 이룬 쓸쓸했던 밤들을 결코 잊지 못할 거예요. 날이 갈수록 가슴은 더 찢어지고 절망감은 더 커져 가요. 제발 내게 명료하고 평온한 마음을 달라고 매일 같이 기도했지만 아무 소용없었어요. 끊임없이 밀려오는 온갖 생각들 때문에 도무지 절망감에서 헤어나지를 못하겠어요.

당신의 편지를 보고 당신 역시 고통과 균열에 시달리고 있음을 알 수 있었어요. 그런 당신 곁에서 나는 기대했던 마음의 안식을 얻을 수 없었어요. 당신은 끊임없이 뭔가를 찾아 헤매는 사람이었으니까요. 우리 여자들은 붙잡고 의지할 수 있는 대상이 필요해요. 당신은 내게 그런 사람이 아니었어요. 나는 안식과 평화를 원했지만 당신 곁에서는 결코 그것을 얻지 못하리라는 것을 깨달았어요.

당신의 마음속에는 늘 뭔가 부글부글 끓고 소용돌이치고 있어요. 그것 역시 내 절망의 또 다른 이유였어요. 당신 곁에 계속 머물게 되면 아마 나는 무너지고 말 거예요. 당신은 나를 잘 알고 있으니 내가 결코 당신을 잊지 못하리라는 사실을—그게 바로 나의 불행이에요—알 거예요. 지금이라도 당장 당신을 찾아가 이야기하고 싶어요. 왜 일이 이 지경에 이르렀는지, 또 지금 내 심정이 어떤지 말이에요. 하지만 나는 그럴 수 없어요. 또 그래서도 안 되고요.

우리의 영혼은 사라져 버렸어요. 하지만 우리는 사라진 영혼들을 영원히 찾아야만 해요.

헤르타 홀크."

*
4월 23일

헤르타 홀크에게 보낸 마지막 편지.

"헤르타 홀크, 당신의 마지막 편지 잘 받았어요. 벌써 몇 달 전에 털어놓아야 했던 이야기를 이제야 하는군요. 하지만 지금이라도 솔직하게 말해 줘서 고마워요. 덕분에 마음이 좀 진정됐어요.

우리가 서로 멀어진 것은 어쩔 수 없는 일이었어요. 우리는 서로에게 최선을 다했어요. 하지만 이게 우리의 운명이었어요.

나한테서 떠날 때 당신은 왜 내 모든 것을 앗아 갔나요? 믿음과 희망 말이에요. 하지만 이제 와서 이런 질문이 무슨 소용이겠어요. 나는 당신을 위해 억지로 삶을 살아 보고자 했어요. 그런데도 당신은 나를 이해하지 못했어요. 아마 이해할 수가 없었을 거예요. 당신은 내가 다른 길을 걷자 분노했어요. 나의 질풍노도 시기가 이미 지나갔다고 믿었으니까요. 당신은 내가 이미 새로운 길을 걷기 시작했다는 것을 알아차리지 못했어요. 평탄한 황금빛 길이 아니라 더 높은 곳에 있는 길이요. 나는 당신과 나의 마음속에서 새로운 무언가를 일깨우고 싶었어요. 아직 그것의 정확한 정체는 몰라요. 그런데 당신은 그런 나를 기다려 주지 않았어요. 새로운 시작과 그에 따른 고통을 당신은 혁명이라고 생각했어요. 나는 해야 할 일을 한 것뿐이에요.

나는 죽어서까지 당신을 사랑할 거예요.

그런데 왜 이렇게 당신을 잃고 슬퍼해야 하는 거죠? 하지만 절망하지 않을 거예요. 나는 내 마음속 원칙을 반드시 실현하고 말 거예요. 우리의 시대는 내 마음속에서 실현될 거예요.

나를 향한 당신의 아름다운 손이 차가워졌어요. 언젠가는 내 손 역시 차가워질 거예요. 언젠가는 내 심장도 멎어 버리겠지요. 그때가 언제일지 누가 알겠어요. 더 이르지도 더 늦지도 않고 가장 적절한 시기에 그렇게 될 거라고 믿어요.

나는 앞으로도 계속 구원의 길을 찾을 거예요. 내 앞날에 축복을 내려 주세요."

*
4월 27일

 마치 낯선 도시에 온 것처럼 어디에서 왔는지, 또 어디로 가는지 모르는 사람들에게 휩쓸려 무작정 걸어간다. 아무 생각 없이 미지의 목적지를 향해서 그냥 계속 걸어간다.

 어느 강당 안이다. 처음 와본 강당에서 낯선 사람들 사이에 앉아 있다. 가난한 사람들, 슬픈 사람들. 노동자들, 병사들, 장교들, 대학생들. 전쟁이 끝난 이후의 독일 국민들이다. 낡고 해진 군복을 입은 사람들이 보인다. 때가 덕지덕지 묻은 찢어진 군복 상의에는 전쟁의 상징들이 달려 있다. 나는 마치 꿈을 꾸듯 그 모든 것을 쳐다본다.

 누군가 연단 위에 올라와 연설을 시작했는데도 나는 거의 알아차리지 못한다. 연사가 처음에는 어색한 표정으로 말을 더듬거린다. 좁은 틀에 가두기에는 너무나 위대한 내용들을 온전히 담을 수 있는 적당한 말을 찾는 듯하다.

 어느 순간부터 갑자기 족쇄가 풀린 것처럼 그의 연설이 막힘없이 술술 흘러나온다. 나는 그의 말에 사로잡혀 귀를 기울인다. 연단 위의 연설이 속도가 빨라진다. 그의 머리 위에 전등이 환하게 켜져 있다.

 명예? 노동? 깃발? 지금 나는 무슨 이야기를 듣고 있는 거지? 신이 보호의 손길을 거두어 가버린 우리 민족에게 아직도 뭔가 남아 있단 말인가?

사람들이 열광하기 시작한다. 슬픔에 잠긴 잿빛 얼굴들이 희망의 빛으로 반짝거린다. 누군가 자리에서 일어나 움켜쥔 주먹을 높이 치켜든다. 입고 있는 회색 군복이 너무 작아 터질 것 같고 그의 이마에는 굵은 땀방울이 매달려 있다. 남자가 소매로 이마의 땀을 훔쳐 낸다.

내 왼쪽에서 두 번째 자리에 앉아 있는 늙은 장교가 아이처럼 엉엉 울음을 터뜨린다.

전율이 내 등줄기를 훑고 내려간다.

지금 나한테 무슨 일이 벌어지고 있는 건지 모르겠다. 갑자기 기관포들이 큰 소리로 포를 쏘아 대는 소리가 귓전에 울린다. 안개에 휩싸인 것처럼 시야가 뿌연 가운데 병사 몇 명이 자리에서 벌떡 일어나 만세를 외치는 모습이 보인다. 하지만 아무도 그것에 주목하지 않는다.

연단에 서 있는 남자는 계속 연설을 한다. 차곡차곡 돌을 쌓아 올려 미래의 대성당을 만들어 간다. 수년 전부터 내 마음속에 자리하고 있던 것이 마침내 여기서 구체적인 형태를 이룬다.

계시! 계시!

폐허 한가운데에서 한 남자가 깃발을 높이 추켜올린다.

내 주위에 앉아 있는 사람들이 하나도 낯설지 않다. 그들 모두 형제들이다. 찢어진 회색 군복을 입고 저기 앉아 있는 남자가 나를 향해 웃는다. 동지! 그가 아무 이유 없이 나를 그렇게 부른다.

자리에서 벌떡 일어나 환호성을 질러야 할 것 같은 기분이다. "우리는 모두 동지입니다. 우리는 단결해야 합니다!"라고.

도무지 감정을 억제하기 힘들다.

걸어간다. 아니다, 휩쓸려 간다. 연단 앞까지. 그리고 거기 서서 오랫동안 한 사람의 얼굴을 쳐다본다.

그는 단순한 연설가가 아니다. 그는 예언자다!

남자의 이마에서 구슬땀이 줄줄 흘러내린다. 비록 얼굴은 잿빛으로 창백하지만 눈동자에서는 불길이 활활 타오른다. 사람들이 주먹을 움켜쥐고 그를 향해 팔을 들어 올린다.

마치 최후의 심판 날처럼 말과 말이, 문장과 문장이 천둥 치듯 이어진다.

내가 지금 무엇을 하고 있는지 더 이상 모르겠다.

거의 넋이 나간 것 같다.

내가 "만세!"라고 소리쳤는데도 아무도 놀라지 않는다.

순간 연단 위의 남자가 나를 힐끗 쳐다본다. 남자의 파란 눈동자가 마치 불꽃 광선처럼 나를 향한다. 이것은 명령이다!

그 순간 나는 새로 태어났다.

나는 마치 다 타버린 석탄재처럼 무너져 내린다.

이제 내 길이 어디로 향하는지 알겠다. 성숙의 길.

더 이상 아무 소리도 안 들린다. 완전히 술에 취한 기분이다.

나는 갑자기 자리에서 벌떡 일어나 의자 위로 올라가 사람들을 향해 크게 소리친다. "동지들이여! 자유여!"

그 후 무슨 일이 있었는지는 말할 수 없다.

내가 아는 것은 하나뿐이다. 내가 맥박이 뛰는 한 남자의 손을 붙잡았다는 것. 그것은 새로운 삶의 맹세였다. 그리고 내 두 눈은 커다랗고 파란 그 남자의 눈동자에 못 박혀 있었다.

*

4월 28일

죽음이 나를 찾아올 때까지 당신을 더 이상 보고 싶지 않다.

*

4월 29일

이제 뮌헨은 진저리가 난다.
이곳에서 너무 많은 일을 겪었다.
나는 다른 도시로 가야 한다.
리하르트는 나에게 하이델베르크로 오라고 하지만 아직 결정을 못 내렸다.

*

4월 30일

내일 출발한다. 하이델베르크로!

어디에 머무느냐 하는 것은 전혀 중요하지 않다.

나는 뮌헨에 있는 그 누구와도 작별 인사를 나누지 않는다.

길을 가다 우연히 아그네스 슈탈을 만난다.

눈빛에서 그녀가 모든 것을 알고 있다는 사실을 알아차린다.

"언제 떠나요?"

"내일이요."

"잘 지내요!"

그녀의 눈에 눈물이 차오른다.

이반 비누로프스키가 나를 기다리고 있다는 것을 알지만 그를 찾아가지 않는다. 뮌헨에서 마지막으로 어머니한테 편지를 쓴다.

내 마음속에서 혁명이 일어난다.

나는 많은 것을 잃고 많은 것을 얻었다.

이제 최고의 명령을 따르려 한다. 희생자가 되어야 한다는 명령이다.

다른 사람들, 즉 네 이웃을 위해 너 자신을 희생하라!

이제부터 나는 희생자의 길을 걸어갈 것이다.

*

5월 5일

"나는 새롭게 출발하기 위해 하이델베르크에 왔어."

"자네는 지나치게 고독에 집착하는 것 같아. 고독을 사랑하게 된 거겠지. 하지만 그러다 외톨이가 될 수 있어."

"나는 많은 것을 경험했고, 그 경험을 통해 많은 것을 배웠어."

"그래도 여기서 공부를 다시 시작해야 돼, 미하엘."

"졸업 시험을 준비하라는 말인가?"

"맞아, 적당히 타협하면서 살아가는 것도 나쁘지 않아……."

"나는 그럴 수 없어. 대학에서 이루어지는 모든 일들이 나를 혼란에 빠뜨려. 소위 말하는 정신적 활동들 말이야. 나는 도무지 그것들을 견딜 수가 없네.

이념은 단순히 일이나 직업하고만 연관된 게 아니야. 이념은 그런 것들보다 훨씬 더 중요한 문제야.

직업은 단지 부수적인 문제에 불과해.

우린 아직 건강해. 그러니 생계는 어떤 식으로든 해결할 수 있어."

"육체노동이라도 하겠다는 뜻이야?"

"그러면 안 될 이유라도 있나? 직업과 노동은 전부 사람이 하는 일이야. 노동을 통해 우리는 사고방식을 바꿔야 해.

우리는 평소 노동의 윤리적 가치를 너무 무시하는 경향이 있어. 수백만 명의 사람들이 노동을 통해 빵을 얻고 있는데 왜 노동을 수치스럽게 생각해야 하는 거지?

우리는 아직 최후를 맞이할 용기가 없어. 하지만 노동이 언젠가는 우리를 구원해 줄 거야."

"흥미로운 이야기로군."

"사람들은 이해하지 못하는 이야기를 들으면 비웃곤 하지. 나는 그런 면에서도 새로운 길을 개척하고 싶네. 시간만 허락한다면! 일단 우리는 내면이 완전히 성숙될 때까지 기다려야 하네."

"자네가 정신적 영역에서 뭔가 해낼 수 있는 자질을 타고났다는 것은 인정하네."

"하지만 나는 단순히 뭔가를 해내는 것 이상을 원하네. 창조적인 활동과 노동을 하고 싶다는 뜻이네. 그것을 통해 사람들한테서 뭔가를 이끌어 내고 싶네. 한마디로 말해, 사람들에게 미래로 통하는 길을 열어 주고 싶다는 뜻이네.

우리들 중에는 틀림없이 스스로 모범이 되고자 하는 사람이 있네.

그런데 오히려 대학에서는 그런 젊은이들의 재능이 시들어 버리네. 대학의 실상이 얼마나 한심하고 비참한지는 자네도 직접 목도하고 있잖나.

대학생들은 자신을 '미래의 민족 지도자!'라 즐겨 칭하네.

하지만 알다시피 현재의 지도자들 역시 젊었을 때 그런 말을 했던 사람들일세. 오늘날 소위 지도자라 일컬어지는 사람들은 남자가 아니라 애송이에 불과하네.

전쟁을 겪었으면서도 아무것도 배우지 못한 사람들이 있네. 그들은 여전히 과거를 답습해야 한다고 주장하네. 새로운 독일인의 출현을 예감하고 있는 사람은 아직까지는 소수에 불과하네. 하지만 그들이 우리의 물질적 궁핍을 역사적 사건으로 고양시킬 걸세.

그건 반란이 아니라 혁명이네! 변혁이자 출발이고 낡은 제단에 대한 공격이야.

비록 부조리한 방식이긴 하지만 전쟁은 우리 나라가 얼마나 무너졌는지를 제대로 보여 주었어. 지난번 전쟁에서 250만 명의 국민이 희생됐네. 아무런 목적도 없이. 지금 우리는 그것에 대해 속죄해야 해.

나는 사람들을 구원하고 싶네.

그러기 위해서는 나부터 먼저 새로운 사람이 되어야 해."

나는 리하르트와 함께 하이델베르크 성에 올라 꽃향기에 잠겨 있는 사랑스러운 네카어 강의 도시를 내려다본다. 5월의 화창한 어느 날 오후에.

태양이 하늘 위에서 도시를 환하게 비춰 준다.

가옥들의 굴뚝에서 뿜어져 나온 미세한 연기가 하늘을 향해 느리게 올라간다.

시야가 탁 트여서 먼 곳까지 한눈에 들어온다. 멋진 건물들과 탑들로 이루어진 커다란 도시가 자연과 잘 어우러진다.

*
5월 8일

나는 성 앞에 서서 이 도시에 하나밖에 없는, 강렬하고 남성적인 위용을 자랑하는 르네상스 건축물을 올려다보며 감탄한다.

이상하게도 나는 점차 세부적인 것들에 주의를 기울이지 않게 되었다. 작든 크든 요즘은 전체와 본질에만 집중하게 된다.

내 눈에 성은 붉은색의 통제된 힘의 기념물처럼 보인다.

우리는 현실로 돌아가야 한다. 우리 힘으로 가능한 일, 노동, 그리고 실행으로.

종종 헤르타 홀크가 생각난다. 그때마다 절망감에 휩싸인다.

우리는 이 시대에 체험해 봐야 할 심오한 가치들을 새롭고 위대한 형태로 제어해야 한다.

질서와 통합, 우리한테는 그게 필요하다. 삶의 고통을 삶의 구성 요소로 바꿔야 한다.

우리 시대의 상처는 무질서에서 오는 혼란이다. 우리 모두 그것 때문에 고통받고 있다.

우리는 균열된 힘을 모아 하나의 새롭고 위대한 목표를 향해 나아가야 한다.

우리 젊은이들은 요구만 할 것이 아니라 실행에 나서야 한다.

오늘날 유능하다고 하는 사람들 상당수는 수학자와 유사하다. 수학자들의 공식은 가설을 전제로 한다. 가설이 없는 수학자들의 사고 체계는 사상누각처럼 금세 무너져 버린다.

수학자들은 심장이 아니라 두뇌로 일한다. 또한 쓸데없는 일을 지나치게 많이 한다. 그래서 항상 조롱거리가 되고 일이 지루해져 버린다.

나는 아직 목표를 설정하지 못했다. 그래서 일도 하지 않는다.

마음이 너무 무겁고 불행하다.

*
5월 13일

    이 시대는 너무나 비참하다! 어디를 둘러봐도 붕괴와 혼란뿐이다. 건설도 없고 시작도 없고 전진도 없다.

    이곳의 5월은 만발한 꽃들로 화려함의 절정을 이룬다. 꽃향기에 취해 사람들의 정신이 마비될 정도다.
    네카어 강변을 따라 산책한다. 강 양쪽에 아름다운 녹색 언덕이 계속 이어진다.

*
5월 15일

    길을 잘못 들어 방황하고 실패하는 불쌍한 우리 민족 때문에 고통스럽다.
    하지만 아직까지는 우리의 힘이 완전히 소진되지 않았다.
    조만간 우리가 가야할 길을 알려 줄 사람이 나타날 것이다.
    내가 그 사람이 되고 싶다.

*
5월 17일

하이델베르크!

길에 사람들이 많다. 외국인들, 여행 온 신혼부부들. 열 명이 넘는 사람들이 내게 성으로 가는 길을 묻는다.

햇살이 따가운 오후에 제빵 견습공이 뻔뻔하게 휘파람을 크게 불며 소리친다. "하이델베르크의 구 시가지는 어찌 이리 아름다운가!"

느릿느릿 지나가는 마차들. 마부가 손님들에게 열심히 설명을 해준다.

얼굴에 커다란 칼자국이 있는, 각양각색의 모자를 쓴 대학생들이 거만하고 위풍당당한 걸음걸이로 대로를 활보한다.

전차가 삑삑거리며 지나간다. 어느 건물 2층에서 창문이 열리더니 술집 종업원 복장을 한 젊은이가 얼굴을 불쑥 내민다.

루드비히 광장은 텅 비어 있다.

서점 앞에서 한 쌍의 남녀 대학생이 재미있는 이야기를 나누고 있다.

나는 더 이상 대학에 강의를 들으러 가고 싶은 마음이 없어 저녁때까지 그냥 네카어 강변에 앉아 시간을 보내다 해가 진 뒤 지치고 무거운 마음으로 집으로 돌아간다.

집에 돌아오니 리하르트가 나를 기다리고 있다. 정치적인 논문들과 연설문들을 잔뜩 갖고서. 그걸 보는 순간 욕지기가 치밀어 오른다.

하지만 리하르트의 마음을 아프게 하고 싶지 않아 그것들을 읽어 보겠노라고 약속한다.

"이게 바로 현대의 정신이네."

"맞아, 그런데 늙은이들에 의해 잘 조율된 온건한 내용들만 대중에게 알려지는 거야. 그 이외의 다른 것은 숨겨져 있네. 그리고 사람들은 숨겨진 것에 대해서는 전혀 알려고 하지 않지."

"우린 지금 모든 가치가 전도되는 혁명적인 시대에 살고 있네. 현대의 정신은 모든 사건들 속에 다 들어 있어."

"말인즉슨 맞아. 하지만 명예와 힘은 묻히고 비겁함과 배신만이 밖으로 드러나지. 비겁함과 배신은 현대의 정신이고 명예와 힘은 반동적인 정신이라면 나는 차라리 반동적인 쪽을 택하겠네. 자네들이 말하는 혁명은 혁명이 아니었어. 단지 형식만을 깨뜨렸을 뿐 내용은 전혀 바꾸지 못했으니까. 자네들의 혁명은 새로운 깃발을 들어 올리고 그것에 새 이름을 부여하는 것으로 끝났네. 자네들이 우리에게 혁명이라는 이름으로 제시한 것은 역사적 스캔들에 불과해.

진짜 혁명은 역사를 뒤흔들었을 뿐 아니라 시작 단계에서부터 항상 획기적인 사건이었네. 무력 봉기였다는 뜻이네!

자네들은 항복하는 것부터 시작했네.

그리고 자네들이 국가라고 부르는 것까지도 포기해 버렸지."

"우리는 파시즘 혁명을 했어. 역사상 처음으로 무기를 내려놓은 혁명이었어. 결국에는 다른 사람들도 우리를 뒤따를 걸세. 혁명은 하루아침에 이루어지는 것이 아니야."

"멍청함이 전염될 거라고 믿다니 정말 순진하군. 사람들이 자네들을 오랫동안 무시해 왔는데, 이제 보니 당연한 일이었군.

한 가지 더 덧붙이자면, 자네들 중 어느 누구도 사회주의에 대해 말할 권리가 없어. 자네들이 체결한 조약들은 사회주의적 구원에 대한 사망 진단서에 불과해.

나는 혁명을 반대하지 않아. 반대는커녕 환영하는 입장이네! 하지만 겁쟁이들이 몰려나와 들고일어나는 봉기는 증오하네.

저기 위쪽에 우리 공동의 적 프랑스가 있네. 프랑스의 흑인 부대가 라인 강변까지 진출했는데도 자네들은 무기를 내려놓고 세계의 양심에 호소하면서 논쟁으로 프랑스 군대를 물리치려 하지."

"그렇다면 대체 우리가 어떻게 했어야 하나?"

"저항을 선언했어야지. 국가라는 것이 너무나 하찮아서 목숨을 걸 필요가 없다고 생각한다면, 온 세상을 위협하는 사회주의라도 온몸으로 가로막았어야 해."

"사회주의는 평화의 가르침이네."

"말도 안 되는 헛소리 집어치우게. 그건 멍청한 구호에 불과해. 세상의 모든 가치 있는 것들이 가치 없는 것들에게 위협받고 있어. 그래서 우리가 그걸 지켜야 하는 걸세. 만약 사회주의가 가치 있는 것이라면 지켜야겠지. 하지만 자네들이 원하는 사회주의는 아무 가치가 없어."

"노동은 전쟁과 공존할 수 없네."

"그렇지 않아! 노동은 전쟁이야! 4년간의 위대한 투쟁은 노동을 얻기 위한 전쟁이었어. 돈 대(對) 노동! 금(金) 대 빵! 자네들은 이 전쟁을 끝내지 못했어. 단지 이 전쟁을 다른 차원에서 진행했을 뿐이네.

노동의 전사인 우리를 무기로 쓰러뜨릴 수 없다는 사실을 깨닫자 자네들은 우리한테 독화살을 쏘았어. 회색 옷을 입은 영웅들이 독화살을 맞고 쓰러지자 자네들은 그 시체 위에 올라가 '공화국 만세'라고 외쳤지."

"우리는 노동을 자본의 굴레로부터 해방시켰어."

"말은 그럴 듯하지만 전부 헛소리야. 자네들은 노동을 산업가의 손아귀에서 해방시킨 다음 그보다 더 나쁜 돈의 강제 노역 속으로 밀어 넣었네. 그것이 자네들이 자랑스러워하는 혁명이었어.

한마디로 요약하면 이런 거야. 산업계의 거물들 자리에 자본의 거물들이 들어섰다는 것, 하지만 그게 끝이었다는 것!"

"만약 우리가 그 흐름에 저항했다면 무의미한 피만 흘렸을 거야."

"자네들은 늘 말만 앞세우는 공론가들이야. 가시적 성과가 없다 해도 피를 흘리는 것은 절대 무의미한 일이 아니야. 피를 흘렸다면 새로운 질서의 시작이 비겁함이 아니라 용기가 되었을 테니까. 그리고 우리는 하나의 국민으로 남아 있었겠지. 하지만 지금 우리 국민은 두 진영으로 분열되었고, 세상의 영주들은 그런 우리를 향해 노예의 채찍을 휘두르고 있어."

"하지만 우리 독일인들은 서서히 다시 하나로 합쳐지고 있어."

"아니, 절대 그렇게 될 수 없네! 자네들의 운명은 이미 정해졌어. 자네들의 이마에는 동생을 죽인 카인의 표식이 새겨져 있어. 독일이 살기 위해서는 자네들은 분쇄되어야만 해."

"말이 너무 거칠군."

"맞아, 우리를 불행에 빠뜨린 자들에게는 거칠게 나갈 수밖에 없으니까. 나는 새로운 것들과 화해하고 싶은 마음이 조금도 없네. 소위 새롭다는 것들이 실제로는 이미 죽어 버린 낡은 것들이니까. 그것 때문에 질식하지 않으려면 자네들도 빨리 그것들을 치워 버려야 할 거야."

"말이 갈수록 심해지는군."

"입만 나불거리는 멍청이들을 상대하려면 이쪽도 입이 거칠어질 수밖에 없네."

오랜 언쟁 끝에 마침내 리하르트도 감정이 폭발한다. 우리는 이제 더 이상 서로를 이해하지 못한다.

*
5월 26일

하이델베르크 주변은 경치가 수려하다. 완만한 구릉이 이어지는 아기자기한 풍경을 보고 있노라면 기분이 좋아진다.

나는 네카어 강을 따라 그뮌트까지의 산책을 즐긴다.

꽃이 활짝 핀 정원들을 따라 이어지는 길고 아름다운 길을 산책하는 사람들이 많다.

*
5월 29일

분명히 말하건대, 지금 내가 여기서 하는 일은 옳지 않다. 하지만 아직은 이곳을 떠날 용기가 없다. 그래서 도저히 참을 수 없는 지경이 될 때까지 기다리는 중이다.

가끔 도서관 열람실에 들어가 신문을 잔뜩 쌓아 놓고 읽는다. 이것도 일종의 정치 행위라고 할 수 있다.

오늘날 사람들은 모든 행위를 정치라고 부른다. 모리배 같은 놈이 우리한테서 훔쳐 간 돈으로 제국의회 의석을 산 뒤 의회 로비에서 국민들을 상대로 사기를 칠 때도 정치를 하고 있는 것이다.

민주주의 정당들은 사업가 집단이나 마찬가지다. 세계관이 같은 사람들이 모인 거 아니냐고? 그게 무슨 말도 안 되는 소리인가. 혹시 명예나 성실, 믿음, 신념 같은 것을 기대했다면 당신은 옛날 사람이다!

사방 어디를 둘러봐도 부패와 치욕의 패거리들뿐이다. 이 패거리들은 잔뜩 배만 나왔다. 이게 경제적 몰락보다 더 나쁘다.

정당은 미해결의 문제들을 먹고사는 집단이다. 그렇기 때문에 그들은 문제를 해결하는 데는 아무 관심도 없다.

시스템이 바야흐로 붕괴의 조짐을 보이고 있다.

시스템 붕괴를 막으려면 위와 아래가 동시에 개혁되어야 한다.

우리에게는 아직 수천 명의 훌륭한 인재들이 있다. 조국의 운명을 지키기 위해 그들이 화합해야 한다.

국민의 정치. 그것은 국민에게 빵을 제공해 준다는 의미다.

정당 정치. 그것은 여물통을 어디에 놓을 것인가를 놓고 다투는 것과 다름없다.

나는 그런 식의 정치와는 아무런 연관도 맺고 싶지 않다.

*
6월 3일

정신적인 활동에는 신물이 난다. 인쇄된 글자를 보면 욕지기가 치민다. 글에서는 나를 구원할 수 있는 것을 전혀 찾을 수 없다.

리하르트가 이런저런 방법을 동원해 나를 도와주려 하지만 아무 소용없다.

그에게는 거친 말도 마음대로 할 수 있어서 좋다.

요즘 들어 아무 생각도 안 하고, 아무 일도 안 하면서 몇 시간씩 그냥 앉아 있을 때가 많다. 하지만 어느 순간 번쩍 정신을 차리고 마치 천 명의 악마한테 쫓기는 사람처럼 계속 이런저런 계획을 세우고 다듬는다.

하지만 그 어떤 계획도 실행에 옮기지 않는다. 매일 저녁 산상수훈을 읽지만 전혀 위안을 얻지 못한다. 위안은커녕 절망과 치욕에 사로잡힌다. 뭔가 들어맞지 않는 기분이다.

독일 대학은 공부는 열심히 하는데 미래에 대한 준비는 별로 하지 않는다. 대학에서 하는 공부는 죄다 앞잡이 역할을 하기 위한 공부뿐이다.

대학 강의에서 얻는 지식으로는 결코 우리를 구원할 수 없다!

*
6월 7일

만약 우리가 예수 그리스도를 예전의 모습으로 다시 만들어 내면 어쩌면 그가 우리를 구원할지도 모른다.

*
6월 10일

내 앞에서 새로운 조국이 부활하고 있다.

나는 이 새로운 조국을 다시 사랑하는 법을 배운다. 조국의 치욕이 크면 클수록 조국에 대한 나의 열정이 더 활활 타오른다.

새로운 인간을 찾을 때 나는 맨 먼저 독일인을 찾는다.

나는 우리 조국의 땅에 뿌리를 내리고 싶다. 이 땅은 나의 사상과 동경의 모태다.

우리는 조국의 잘못과 부족함을 외면해서는 안 된다. 아니, 그것들을 사랑해야 한다. 조국의 잘못과 부족함은 우리 자신의 잘못이자 부족함이기 때문이다.

새로운 국가주의가 원하는 것은 붕괴된 과거의 복구가 아니라 독일의 미래다.

국가주의란 무엇인가? 그것은 우리가 독일의 편에 서는 것을 말한다. 왜냐하면 우리가 독일인이기 때문이고, 우리의 조국은 독일이므로 독일의 영혼은 곧 우리의 영혼이기 때문이며, 우리는 모두 독일 영혼의 일부이기 때문이다.

나는 조국과 애국주의라는 말을 입에 달고 사는 허풍선이들을 증오한다.

조국. 그것은 다시 우리에게 자명한 것이 되어야 한다.

지금까지의 독일 역사는 독일인의 영혼이 적들과 싸워 온 끊임없는 투쟁의 역사였다.

독일인의 영혼은 파우스트적이다! 독일인의 영혼 속에는 노동, 노동의 가능성들에 대한 열망, 정신적 구원에 대한 영원한 동경 등이 내재되어 있다.

러시아의 이념이 존재하는 것처럼 독일의 이념 역시 존재한다. 이 두 가지 이념은 미래에 평가받을 것이다.

*
6월 15일

러시아는 우리가 극복해야 할 위험 요소다. 하지만 그 위험을 극복하려면 먼저 그 위험의 정체부터 알아야 한다.

지금 나는 이반 비누로프스키의 실체를 점차 알아 가는 중이다. 그는 매우 불행한 인간이다. 범슬라브주의가 그를 망가뜨렸다.

하지만 나는 아직 이반 비누로프스키를 굴복시키지 못했다.

오늘날 유럽에서 광풍처럼 몰아치고 있는 투쟁은 새로이 형성되는 귀족 계급들 사이의 투쟁이다.

역사적으로 중요한 시대는 전부 귀족 정치의 시대였다.

귀족 정치=최고의 인물들이 통치하는 것.

국민은 절대 스스로 통치하지 않는다. 국민이 스스로 통치한다는 미친 생각은 자유주의의 산물이다. 자유주의가 표방하는 국민 주권 뒤에는 세상에서 제일 교활한 사기꾼들이 숨어 있다. 그들은 끝까지 자신들의 정체를 숨기려 든다.

하지만 알다시피 그건 수준 낮은 속임수에 불과하다. 멍청한 사람들만이 그런 사기꾼에게 속아 넘어간다.

대중이 승리한다고? 이 무슨 얼토당토않은 말인가! 그건 대리석으로 플라스틱 제품을 만든다고 주장하는 것과 똑같다. 창작자 없는 예술 작품은 없다! 정치인 없는 국민은 없다! 신 없는 세상은 없다!

역사는 남자들이 내린 결정들의 연속이다. 군대가 승리하는 것이 아니라 남자들이 군대를 동원해 승리하는 것이다.

유럽은 가장 먼저 집단 광기를 극복하고 개인 중심의 원칙을 정립하는 민족에 의해 새롭게 형성될 것이다.

귀족 정치를 펼치는 새로운 계층은 당연히 새 원칙에 토대를 둘 것이다. 전통의 중시가 아니라 업적의 중시라는 새 원칙. 그리고 최고의 인물이라는 타이틀은 조상에게서 물려받는 것이 아니라 스스로 획득해야 한다.

천재라는 말은 최고에 대한 국민적 의지가 담긴 표현에 불과하다. 창조적 국민성이 인간의 모습으로 나타난 것이다.

그 어떤 떡갈나무도 땅과 뿌리, 힘이 없이는 자랄 수 없다. 그 어떤 남자도 실체가 없이는 만들어지지 않는다. 국민은 남자의 땅이고, 역사는 남자의 뿌리이며, 피는 남자의 힘이다.

위대한 이념을 관철시키는 것은 항상 소수였다. 하지만 그것이 마지막까지 존재하기 위해서는 반드시 모든 국민의 지지가 필요하다.

예술 작품, 발명, 이념, 싸움, 법칙, 국가—그것들의 시작과 끝에는 항상 남자가 있다.

인종이 모든 창조적 힘의 온상이다. 인류라는 말은 실체가 없다. 실제로 존재하는 것은 국민뿐이다. 인류는 여러 나라의 국민들을 총칭하는 것이다. 국민은 원래부터 유기적인 존재이고 인류는 단지 유기적으로 만들어졌을 뿐이다.

유기적이라는 말은 그 안에 유기체를 만들어 낼 수 있는 능력이 잠재되어 있다는 뜻이다.

숲은 단지 나무들의 집합에 불과하다.

나무들을 뽑아내고 숲을 지킬 수 없는 것처럼 국민들을 무너뜨리고 인류를 지킬 수는 없다.

나무들의 집합이 바로 숲이다.

떡갈나무가 더 튼튼하게 자랄수록 숲이 더 아름다워진다.

전체 국민의 숫자가 더 많을수록 그 민족은 인류에 더 크게 이바지한다.

그 밖의 다른 것은 자연스럽게 형성된 것이 아니라 인위적으로 꾸며 낸 것이다. 따라서 그런 것은 역사에 오래 남을 수 없다.

소수의 사람들 속에 최고의 인물들이 포함돼 있다면, 그들이 독일의 운명을 바꿀 것이다.

따라서 우리는 다수의 사람들보다 더 용감하고 더 현명하고 더 급진적이고 더 뚜렷한 특색을 지녀야 한다. 그렇게 되었을 때 비로소 우리는 승리할 것이다.

다른 민족들의 경우 한심한 인간들이 통치하고 있다고 해서 우리가 머리 아파할 필요는 없다. 오히려 그럴수록 우리의 뜻을 관철할 가능성이 높아진다.

세상에서 제일 용감한 자들이 권력을 쥐고 있다면 솔직하게 말해야 한다. 우리는 지금 독재를 하고 있지만, 대신 역사에 대한 책임은 우리가 질 거라고 말이다. 그런 우리에게 대체 누가 돌을 던지겠는가.

겁쟁이들은 권력을 쥐고 있을 때, 국민이 지배하고 있다고 말한다. 그러면서 책임을 회피하고 자신들의 가식에 저항하는 사람들을 돌로 쳐 죽인다.

지배는 항상 소수에 의해 이루어진다. 국민들은 용감한 자들의 공개적인 독재 치하에서 살 것인지 겁쟁이들의 위선적인 민주주의 치하에서 죽을 것인지 선택할 수 있는 권리만 갖고 있다.

이것은 아주 간단하고 논리적인 계산 문제다.

*
6월 20일

나는 철모를 쓰고 칼을 뽑아 들고 릴리엔크론(독일의 시인 — 옮긴이)의 시를 암송한다.

나도 모르게 자꾸 마음이 변덕을 부린다.

병사가 되자! 보초를 서자!

사람은 항상 병사가 되어야 한다.

제 나라 국민의 혁명에 봉사하는 병사.

하지만 곧바로 전율이 흐르면서 화재와 폐허가 생각난다. 저녁노을 속에서 화재로 폐허가 된 집들과 마을에서 연기가 모락모락 피어오르는 광경이 눈앞에 떠오른다. 불기둥들이 솟구치고 소음과 학살의 비명 소리가 들려온다.

찢어진 눈들이 보이고, 죽어 가는 사람들의 고통에 찬 비명 소리가 들린다.

내 두 손은 포연에 그을려 시커멓고, 내 군복은 피로 시뻘겋게 물들었다. 아니다, 전쟁은 아름답지 않다.

명령 소리와 만세 소리가 시끄럽다. 나도 같이 소리친다. 만세, 만세!

나는 더 이상 사람이 아니다. 거친 분노가 나를 지배한다. 피 냄새가 진동한다.

나는 소리친다. "전진하라! 전진하라!" 나는 영웅이 되고 싶다!

심장을 갈기갈기 찢는다. 심장이 대체 뭐가 중요하단 말인가. 나는 포연 속으로 돌진한다.

나는 영웅이고, 신이고, 구원자다.

내 몸에서 피가 흐른다. 그리고 두 팔이 힘없이 아래로 축 늘어진다.

총에 맞은 것이다. 의식이 가물가물하다.

눈앞이 흐릿해지더니 바닥으로 쓰러진다.

깊은 잠에서 깨어난다. 끝없이 펼쳐진 너른 들판에 나 혼자 누워 있다.

전투는 끝났다.

하지만 멀리서 아직 포성이 울린다.

하늘은 높고 불빛들로 가득하다. 아주 멀리서 타는 듯한 붉은 빛이 번쩍거린다.

내 영혼 제일 깊은 곳에서 충격과 흥분이 소용돌이친다.
하지만 상처의 아픔은 거의 못 느낀다.
나는 지금 겪고 있는 이 위대한 경험에 압도되어 침묵한다.
이것은 전쟁이다!
목숨을 걸고 하는 전쟁!

살아 있는 모든 것이 그렇듯 전쟁은 끔찍하다. 나는 전쟁을 그렇게 치르지 못했다. 단지 전쟁이 끔찍하다는 사실만 확인한다.

존재 중에서 최고의 존재는 아마도 그렇게 될 수밖에 없는 나름의 근거를 갖고 있는 존재일 것이다.

영원한 평화는 꿈이다. 정치적 수사에 불과하다는 말이다. 병사 역시 그 꿈을 좋아한다. 하지만 그것은 결코 아름다운 꿈이 아니다.

모든 삶은 전쟁이다.

쟁기와 칼을 담금질하는 것, 그것이 인간의 첫 번째 문화 행위였다. 평화를 위해서 쟁기를 담금질했고, 전쟁을 위해서 검을 담금질했다.

밤이 없는 낮이 없듯 전쟁이 없는 평화도 존재할 수 없다. 서로가 서로의 존재 조건이다.

전쟁과 농사, 검과 쟁기는 남자와 여자의 관계처럼 서로에게 속하는 개념이다.

농부는 쟁기를 이용해 땅을 경작한다. 그리고 그 땅에서 수확한 곡식이 빵이 된다. 병사는 검을 들고 마을의 경계선 앞에서 보초를 선다.

농부와 전사. 그들은 일용할 양식을 얻기 위해 애쓰는 병사들이다.

신이 그렇게 만들었다. 예전부터 그래 왔고 앞으로도 영원히 그럴 것이다.

*

6월 24일

아그네스 슈탈이 뮌헨에서 내게 편지를 보냈다.

"몇 주 일정으로 하이델베르크를 방문할 예정이에요. 그때 우리 다시 만나요. 당신은 우리들보다 행복해요. 왜냐하면 당신은 상황을 명료하게 파악하고 있는 데다가 용기도 있으니까요. 사람들은 그것을 시민의 용기라고 부르죠. 당신은 삶에 집착하지 않아요. 그게 사람을 강하게 만들죠. 당신이 이곳에 없는 지금에야 당신한테서는 늘 활동적인 힘이 샘솟았다는 것을 깨달았어요.

당신은 젊은이들에게 그 힘을 전해 줄 책임이 있어요. 그러니 절대 절망해서는 안 돼요."

맞다, 나는 절망해서는 안 된다!

그리고 용기를 가져야 한다!

"빨리 이곳으로 와요, 아그네스 슈탈."

내 마음속에서 지식인들에 대한 반감이 솟구친다.
마지막 결단이 얼마 안 남았다.

*
7월 2일

"아무래도 나는 노동을 해야 할 것 같아요, 아그네스 슈탈. 그게 내 마지막 구원이에요."

"당신은 지금까지도 항상 노동을 해왔잖아요."

"그렇지 않아요. 지금까지의 나는 몽상가였고, 심미주의자였고, 능변가였어요.

나는 세상을 공허한 말로 구원하려 들었어요.

그리고 내 몸부터 챙겼어요.

이제는 일 자체의 과정에 집중하고 싶어요. 적대적인 두 존재가 중무장을 한 채 미래의 주도권을 두고 다툴 때 우리는 결코 중립을 유지할 수 없어요."

"적대적인 두 존재라고요? 언제, 또 어디에 그런 게 있다는 거죠?"

"아마 당신들 눈에는 안 보일 거예요. 보고 싶어 하지 않으니까요. 그럼에도 불구하고 그건 존재해요. 돈이 우리를 노예로 만들어 버렸지만 노동이 우리를 해방시켜 줄 거예요. 정치적 시민계급의 손을 붙잡으면 우리는 심연 속으로 들어가게 되지만, 정치적 노동 계급의 손을 붙잡으면 우리는 새롭게 태어날 수 있어요."

"당신은 계급 투쟁을 반대하면서도 어느 한 계급의 지배권을 주장하는군요."

"노동자들은 계급이 아니에요. 계급은 경제적인 토대에 따라 구별되는데, 노동 계급의 뿌리는 정치적인 것에 있거든요. 따라서 노동 계급은 역사적 계급일 뿐이에요. 국민은 그들을 지배하는 계급이 누구냐에 따라 의미가 달라져요. 정치적 시민 계급은 아무것도 아니에요. 뿐만 아니라 그들 스스로도 아무것도 아닌 존재가 되고자 하죠. 그들이 원하는 것은 오로지 목숨뿐이에요. 그래서 그들은 몰락하는 거예요.

목숨은 오히려 죽을 각오가 되어 있을 때 유지할 수 있어요.

반면에 노동 계급에게는 한 가지 사명이 있어요. 특히 독일에서는. 독일 민족을 국내적으로는 물론이고 국제적으로도 해방시키는 거예요. 그건 세계적인 사명이에요. 독일이 몰락하면 세계의 불빛도 꺼질 테니까요."

"겸손함이라고는 찾아볼 수 없는 말이네요."

"쓰레기 같은 인간들만이 겸손한 법이죠. 욕심을 내려놓는 사람은 국민의 권리를 위해 더 열정적으로 싸울 수 있어요. 내 눈에는 지금 우리 나라에서는 시민 계급에 의해 국민의 권리가 거래되고 있는 게 똑똑히 보여요. 그래서 나는 과거를 청산하고 노동을 시작하려는 거예요."

"마음껏 혁명을 해보세요. 아마 그래도 부유한 사람들은 계속 살아남을 거예요."

"물론 그들은 계속 큰소리를 치겠죠. 서민들은 하루하루를 근근이 버티는데, 아마 그들은 '우리는 고급 주택을 소유하고 있어', '행사의 주체는 우리야'라고 떠벌릴 거예요. 하지만 우리는 역사에 이름을 남길 거예요. 꼭 그렇게 하고 말 거예요. 우리만이 그렇게 할 수 있어요!

다른 사람들은 오늘만 중시하기 때문에 그들에게는 미래가 없어요. 하지만 오늘 목숨을 포기하는 사람은 내일 살아남을 수 있어요."

"왜 목숨을 포기해야 하는데요? 그런다고 누가 고마워하나요?"

"누가 고마워하냐고요? 그건 생각해 본 적 없어요. 감사의 인사는 원치 않아요. 그건 우리 모두 마찬가지예요. 우리가 원하는 것은 역사를 만드는 거예요. 그런데 그까짓 목숨 따위가 뭐가 그렇게 중요하겠어요."

"하지만 당신은 시민 계급 출신이에요."

"그렇기 때문에 나는 더 극렬하게 시민 계급을 증오하고 있어요. 직접 경험해 본 사람만이 뭔가를 완전히 사랑하거나 증오할 수 있어요.

나는 시민 계급을 증오해요. 시민들은 겁쟁이일 뿐 아니라 더 이상 싸울 의지가 없어요. 그들은 단지 목숨이 붙어 있는 생명체에 불과해요.

병사들과 대학생, 노동자들이 새로운 제국을 건설할 거예요. 나는 병사이자 대학생이에요. 또한 앞으로 노동자가 될 계획이고요. 사람들에게 길을 제시하기 위해서는 이 세 가지 단계를 모두 거쳐야 해요. 말로는 안 돼요. 그래서 나는 이제 행동을 시작하려 해요. 누구한테나 어울리는 자리가 있는 것 같아요."

"당신은 희생을 사랑하는군요?"

"맞아요, 우리는 희생을 해야 해요. 희생을 사랑하지는 않지만 희생해야 해요. 가장 깊은 어둠 속으로 내려가야 해요. 그리고 밑에서부터 시작해야 돼요.

우리는 지금까지 상속인으로 살아왔어요. 선조들이 물려준 것을 그냥 고마워하며 받아들인 거예요.

하지만 이제 다시 한번 처음부터 시작해야 돼요.

지금부터 나는 앞뒤 가리지 않고 전력 질주 할 생각이에요."

"당신은 항상 최선을 다했어요. 열정과 헌신의 화신이라 말할 수 있을 정도로."

"하지만 잘못된 것들을 위해 헌신했었죠. 새로운 독일인은 책에서 태어나는 것이 아니라 작업장에서 태어날 거예요.

우린 그동안 글이라면 쓸 만큼 썼고, 헛소리도 할 만큼 했고, 열광도 했어요. 하지만 이제는 노동을 해야 할 때예요."

"하지만 당신은 노동을 견딜 수 없을 텐데요."

"아뇨, 나는 살아남을 거예요. 이제부터 시작이에요."

"노동은 당신을 노예로 추락시킬 거예요."

"아뇨, 나는 노동을 고귀하게 만들 거예요.

노동은 그 자체로 끝나는 게 아니에요. 그것은 단지 하나의 단계에 불과해요."

"당신은 우리 모두를 부끄럽게 만드네요."

"지금까지 나는 아무런 업적도 쌓지 못했어요. 하지만 앞으로는 업적을 쌓아야 하고, 또 업적을 쌓기 위해 행동에 나설 거예요."

침묵이 오래 이어진다. 시간이 꽤 늦었다. 날이 저물어 간다.

*
7월 8일

"나는 러시아로 돌아가네. 자네와의 추억을 희망이자 씁쓸함으로 함께 가져가겠네. 아마도 우리는 다시 한번 논쟁을 벌이게 될 걸세. 우리가 직접 설전을 벌이지 않는 경우에는 우리가 가진 이념들 간에 논쟁이 벌어질 걸세. 우리는 자유로운 존재가 아니니까. 자네의 세상과 나의 세상은 최후의 승리를 향해 아직 한 번은 더 부딪쳐야 하네. 타협점을 찾아낼 거라고? 나도 그러기를 바라지만 그럴 가능성은 거의 없네. 사람은 타고난 천성을 바꿀 수 없어. 자네의 가장 오랜 법칙은 투쟁이지.

그러니 우리한테 남은 것은 이제 투쟁뿐이네! 물론 정직한 무기를 갖고 벌이는 투쟁!

이제 가면을 벗고 내 솔직한 민낯을 보여 주겠네. 나는 러시아 사람이네!

나는 러시아가 새로운 세상을 만들기를 바라네. 로마(R)의 시대는 끝났네. 이제 새로운 R의 시대가 올 걸세. 러시아의 첫 글자가 바로 R이라는 걸 기억하게. 잘 지내기 바라네!

아그네스 슈탈한테서 자네가 노동을 하고 싶어 한다는 이야기를 들었네. 밑에서부터 시작하고 싶어 한다고. 내가 알고 있는 자네라면 분명히 그 결심을 실행에 옮기리라 믿네. 자네의 행보는 그저 놀라울 따름이네. 자네를 따라잡으려면 시간이 좀 걸릴 듯싶네.

자네의 준비 태세는 아주 신속하군. 자네는 본능적으로 투쟁하는 사람이고 나는 의식적으로 투쟁하는 사람이지.

자네는 스스로를 구원할 준비가 되어 있는 독일 청년이네. 자네가 강하다는 사실을 인정하네. 하지만 우리가 더 강해질 걸세.

이반 비누로프스키."

이래서 내가 자네한테서 멀어지는 거야, 이반 비누로프스키! 내가 앞으로 뭘 해야 할지 알겠어.

자네는 의도하지 않게 나한테 길을 제시해 주었네. 나는 구원을 찾을 걸세.

자네 말이 맞아. 우리는, 독일 사람과 러시아 사람 말일세, 논쟁을 벌일 걸세.

게르만인 대 슬라브인의 대결!

7월 12일

절망감이 엄습한다.

나는 이 부드러운 하이델베르크를 증오한다!

불안! 동경!

내가 원하는 것은 노동이다.

죽은 책들 사이에서는 더 이상 못 견디겠다.

뭔가를 창조하고 싶다. 지금 내 마음속에서는 지성보다 다른 것이 더 많이 작동하고 있다.

우리는 노동을 새롭게 바꿔야 한다.

지성은 죽었다. 그것은 그 어떤 존재도 가득 채울 수 없다.

이제 나는 첫걸음을 내디딜 것이다. 타협은 있을 수 없다.

나라가 폐허로 변했는데 어찌 한가롭게 책을 쓰고 지식을 쌓을 수 있겠는가. 이럴 때는 남녀노소 가릴 것 없이 직접 노동에 뛰어들어야 한다.

전쟁터의 병사들은 어디에 있나? 그들은 임금 노동자가 되고, 물건을 팔고, 거래를 하고, 노동을 하고, 아이를 낳는다. — 그리고 조국은 무너지고 있다. 대체 그것을 어떻게 막을 것인가?

독일은 돈에 관한 한 변방으로 흑인들에게도 결코 강요하지 않는 터무니없는 조약들로 인해 고통받고 있다. 그런데 높은 자리에 앉아 있는 정치가들은 그런 조약들에 찬성하고, 제멋대로 월권해서 교섭을 벌인다.

병사들이여! 병사들이여!

노동자들이여! 노동자들이여!

베르됭 전투에서도 무너지지 않았던 그 정신은 어디로 사라졌는가?

비겁한 마음을 부숴 버려라!

나는 절망하지 않을 것이다!

나의 마음속에는 로마 군단이 행군하고 있다.

돈이여, 저주 받으라!

*
7월 17일

나는 연관 관계를 찾아 혼돈 속에서 헤맨다.

"나를 때려죽여라, 우리는 졌다!

우리는 길을 잃었다! 이제 우리는 어떡해야 하는가?

악마가 우리를 선택했다!

그리고 이제 우리를 제 마음대로 휘두른다."

*
7월 26일

나는 드디어 목적지에 도달했다. 마음이 고요하다.

학기가 끝났다. 강의실과도, 책 먼지와도 이제 끝이다.

어머니한테 편지를 썼다. 내 결심은 확고하다.

"광산으로 가서 광부가 되고자 합니다!

가난한 사람들 사이에서 가장 비천한 사람이 되고자 합니다!

노동을 하고 싶습니다. 사람들에게 모범이 되고자 합니다.

제 자신을 구원한 뒤, 다른 사람들을 위해 새로운 길을 개척하고 싶습니다.

희생을 통한 구원을 원합니다!"

*
8월 4일

고향에서 며칠 더 머문다!

옛 마을, 아버지의 집, 니더라인 지방!

평원!

해가 뜨기도 전에 들판을 거닌다. 대지 위로 안개가 피어오른다. 아직은 완벽하게 고요하다.

산책을 하고 또 산책을 한다. 마치 꿈속을 거니는 것 같다.

자작나무들이 줄지어 서 있다.

어둠과 잿빛을 무너뜨리며 해가 뜬다.

나는 고독한 들판 사이로 걸어간다.

밭에서 피어오르는 짙은 냄새가 후각을 자극한다. 땅 냄새다.

흙에서 아지랑이가 피어오른다. 들판은 지금 분만하는 중이다. 결실이 코앞에 닥쳤다.

창조의 성스러운 시간!

종달새 한 마리가 허공으로 날아오른다. 아, 저쪽에 한 마리 더 있다.

빛이 퍼져 나간다. 바다가 빨갛게 타오른다.

태양이 높이 솟는다. 빨갛게, 핏빛으로 반짝거리면서. 대지가 황금빛으로 물든다.

고향이여! 대지여! 어머니여!

저 멀리 집과 마을, 뾰족한 교회의 종탑이 보인다.

안개가 걷힌다.

자작나무들이 반짝거리기 시작한다.

나는 이슬에 젖은 풀밭을 걸어간다.

고향이여, 너는 화려하지 않다. 파티복처럼 화려하게 반짝거리지도 않고, 주교처럼 어깨에 화려한 자색 영대를 두르지도 않는다.

고향의 대지여, 너는 겸손하다! 하지만 그 흙덩어리 속에서 씨앗들이 싹터 나중에 열매를 맺는다.

내 눈길이 들판을 훑으며 저 멀리 지평선까지 나아간다.

이곳 사람들은 성실하고 근면하다. 낮에는 조용하지만 저녁 예배 시간이 되면 활기찬 기쁨이 가득하다.

저 멀리 굴뚝에서 연기가 피어오른다. 도시에서는 노동이 시작된다.

경작지와 공장이 서로에게 다가간다.

고향이여, 나는 너에게서 나왔다! 그리고 네 안에서 머문다!
너는 나의 힘과 생명의 원천이다!
나는 네 안에 뿌리를 더 단단히 박는다.

*
8월 7일

어머니와 작별 인사를 나눈다. 고요하고 진지한 시간.

우리는 커다란 부엌, 난로 옆에 앉아 있다.

"네가 옳은 결정을 내렸다는 것을 안다. 그러니 네 결정에 축복을 내려 주마."

"우린 뭔가를 해야 해요, 어머니. 안 그러면 삶이 우리를 잠식해 버릴 거예요. 그러니 우리는 가만히 있으면 안 돼요."

"앞으로 네 앞에는 수많은 괴로움과 힘든 일들이 있을 거야. 하지만 너는 잘 극복하리라 믿는다."

"허영심과 권태 때문에 이 길을 가려는 게 아니에요. 이렇게 할 수밖에 없어서 이 길을 가는 거예요. 저는 상속자가 되고 싶지 않아요. 저는 스스로를 위해서 밑에서부터 시작하고 싶어요.

저는 노동 자체를 위해서 노동하는 게 아니라 구원을 위해서 노동하는 거예요."

"네가 선택한 길은 우리 모두에게 많은 고통을 안겨 줄 거야. 그런데도 너는 그 길을 가겠지. 너 스스로 모든 고통을 이겨 낼 만큼 충분히 강하다고 믿으니까. 네가 선택한 길을 끝까지 갈 거라는 것을 의심하지 않는다."

"저는 고향의 모든 힘을 함께 가져가요. 저는 강해요. 고향이라는 뿌리가 있으니까요."

"나한테 더 이상 설명할 필요 없다. 네가 무슨 계획을 갖고 있는지 다 알고 있다."

"너무 많은 것을 보게 되면 할 말이 더 적어지는 법이에요. 그런데 저는 아직 많은 것을 보지 못했어요."

"됐다. 신의 가호가 항상 함께하기를 빌어 주마! 신을 믿어라! 혼자 힘으로 모든 것을 할 수는 없다. 결국에는 신이 너를 도와줘야 한다.

언젠가는 네가 완전히 혼자가 되는 시간이 올 거야. 그때까지 신에 대한 믿음을 잃지 않기를 바란다. 기도하는 법을 잊지 말도록 해라!

사람들은 누구나 제 방식으로 기도한다. 노동 역시 일종의 기도다."

"건강 조심하세요, 어머니."

어머니가 낙담한 채 아직까지 발길을 돌리지 못한다. 어머니의 늙고 수척한 두 뺨 위로 눈물이 흘러내린다.

내 심장이 무너져 내린다.

난생처음 노동으로 거칠어진 어머니의 고귀한 손에 입을 맞춘다.

*
8월 10일

소음이 나를 집어삼킨다. 증기와 노동!

전국에서 사람들이 창조 활동에 정신없이 매진하고 있다.

노동!

도시는 잿빛이고 비참하다. 집들은 온통 시커멓게 그을렸고 사람들은 진지하고 과묵하다.

시커먼 사람들이 거리에서 우르르 몰려다닌다. 구부정한 목덜미에 갸름하고 창백한 얼굴들. 아이들이 길 한구석에 앉아 구걸한다.

어두운 표정의 늙은 여자들이 상점들 앞에 서 있다.

저녁이 되자 아크등에 불이 켜진다. 불빛에 드러나는 비참함과 더러움.

가슴이 답답하게 옥죄어 온다.

좁다란 골목길에 매춘부들과 포주들이 어슬렁거리며 돌아다닌다.

그곳에 홍등이 켜진다.

도시 위로 저녁이 시커먼 날개를 펼친다.

이곳에는 부와 빈곤이 공존한다.

다들 울고 싶은 심정이다.

조급함과 불안감이 모든 곳에 배어 있다. 자동차들이 질주한다. 시간이 돈이다!

전등들이 환하게 반짝거린다.

나는 사람들의 물결에 휩싸여 이 거리 저 거리로 떠밀려 다닌다.

완전히 지치고 망가졌다.

그래서 더 이상 아무것도 생각할 수 없다.

어느 모퉁이에서 걸음을 멈추고 시커먼 사람들의 물결을 쳐다본다.

술에 만취한 사람들이 비틀거리며 노래도 부르고 고래고래 고함도 지른다.

저 앞에 경찰관이 한 명 서 있다. 표정이 몹시 진지하고 엄격하다.

하늘은 잿빛이다. 하늘에 별이 하나도 없다.

보이는 것이라고는 뿌연 연기와 흐릿한 백열등 불빛뿐이다.

비가 내리기 시작한다. 천천히 빗방울들이 떨어진다.

힘없이 느릿느릿, 더러운 대지를 향해.

그런데도 나는 계속 그 자리에 서 있다. 빗물이 모자를 따라 흘러내린다.

더 이상 걸어갈 수 없다. 발이 마비된 것 같다.

그래서 오랫동안 계속 한자리를 지킨다. 서서히 소음이 사라지고, 거리에서 사람들이 사라진다.

웅덩이에 빗물이 고여 진흙탕이 된다.

멀리서 열차 들어오는 소리가 들린다.

열차 바퀴가 쿵쾅거리며 굴러 오는 소리가 마치 천둥처럼 밤하늘에 울려 퍼진다.

*
8월 14일

입갱(入坑) 첫날.

나는 광석 운반용 쇠 바구니에 올라탄다. 쇠 바구니가 수직갱 밑으로 급강하한다. 순식간에 나는 다시 탄탄한 바닥 위에 서 있다. 주위가 환하다.

내 가슴에는 작은 광부용 안전등이 매달려 있다.

이제 비좁고 어두컴컴한 갱도를 기어간다. 며칠, 몇 달, 아니 몇 년의 시간이 흐르는 기분이다.

점점 더 깊이! 점점 더 깊이! 협소한 구멍들을 통과한다. 마치 고양이처럼 고개를 앞으로 쑥 내민다.

갱도는 끝이 없는 듯하다.

숨이 멎는 기분이다. 공기가 지독하게 뜨겁다.

이마에서 땀이 줄줄 흐른다. 하지만 그것을 닦아 낼 시간조차 없다.

두 손이 뜨겁게 달아오른다. 손에서 벌써 통증이 느껴지기 시작한다. 하지만 이것은 단지 시작에 불과하다.

점점 더 깊이!

갱부장(坑夫長)이 나와 동행한다. 마치 당연하다는 듯이 그가 내 앞에서 기어간다.

그가 몇 번 뒤를 돌아보며 나를 향해 뭐라고 외친다. 하지만 나는 그의 말을 이해하지 못한다.

그의 독특한 사투리 억양을 도무지 알아들을 수 없다.

쏴쏴 하는 소리와 윙윙거리는 소리 때문에 귀가 멍하다.

갑자기 천 개의 망치로 한꺼번에 내려치는 것처럼 탕탕하는 소리가 울린다. 주위가 시끌시끌해진다. 자칫하다가는 정신을 잃을지도 모르겠다는 생각이 문득 머리를 스친다.

한마디로 말해 광란의 질주다.

눈이 아프다. 더 이상 아무것도 안 보인다. 먼지가 자꾸 얼굴에 들러붙는다.

그런데도 계속 기어간다. 그리고 마침내 목적지에 도착한다.

갱부장이 내게 힘든 기술들을 가르쳐 준다. 한 시간, 두 시간, 시간이 흐른다.

드디어 나 혼자 남겨진다. 그리고 석탄을 캐기 시작한다.

석탄 부스러기들이 밑으로 떨어진다.

아무 생각도 할 수 없다. 벌써 며칠이 지난 것 같은 기분이다.

시계를 본다.

갱 안에 들어온 지 겨우 세 시간밖에 안 지났다.

그런데도 벌써 완전히 진이 빠졌다.

팔에서는 힘이 쭉 빠졌고 손에서는 피가 흐른다.

다시 작업을 시작한다! 작업에서 벗어날 수 없다. 노동이 악마처럼 나를 놓아주지 않는다.

망치로 때리고 또 때린다. 그러다 실수로 내 손을 내리친다. 견딜 수 없는 고통이 밀려온다!

엄지와 검지 주위로 피가 몰린다. 두 손가락을 입 안으로 가져간다. 화르륵 불이 붙은 것처럼 손가락이 화끈거린다.

망치로 때린다! 망치로 때린다! 노동이 나를 계속 몰아붙인다. 나는 노동의 하인이고 노예이고 개다!

쓰러질 때까지 노동을 멈출 수 없다.

비명을 지르고 싶은 욕구가 목구멍까지 치밀어 오른다.

벌써 비명을 지르고 있는 기분이다. 짐승처럼 포효하고 싶다.

암석에서 불꽃이 튄다. 계속해서 불꽃들을 향해 망치를 내리친다! 불빛들을 때린다.

나는 더 이상 사람이 아니다. 나는 거인족이다. 나는 신이다!

갱부장이 내 옆에 무릎을 꿇고 앉더니 내 팔을 붙잡아 작업을 중단시킨다.

"대학 다니다 이곳에 온 젊은이들은 전부 똑같아. 갱도에 들어온 첫날부터 죽기 살기로 일에 매달리지. 그렇게 하다가는 얼마 못 버티네.

30분간 식사 겸 휴식 시간이니 자네도 뭘 좀 먹도록 해."

갱부장은 나에게 친밀하게 말을 놓는다. 그를 얼싸안고 싶다. 맞다, 당신은 내 형제다. 이곳 지하에서는 우리 모두 형제다.

그는 내게 화를 내지 않는다. 증오하지도 않는다. 나는 당신들 무리의 일원이다.

그가 내게 독주를 한 잔 건넨다. 두 잔, 세 잔, 정신없이 술을 받아 마신다. 목구멍에 불이 붙은 것처럼 화끈거린다. 하지만 술이 술술 잘 넘어간다.

그런데 음식은 전혀 삼킬 수가 없다. 빵을 먹으니 토할 것 같다. 그래서 그냥 술만 마신다.

목구멍이 바짝바짝 탄다. 다시 노동의 시간이다!

끊임없이 망치를 내리친다. 시간이 느리게 흐른다. 아주 느리게.

완전히 탈진했다. 작업 교대 시간이 오기를 학수고대한다.

드디어 교대 시간이다!

고대하던 시간!

위로 올라간다! 위로 올라간다!

탄갱 밖으로 나오니 아직 해가 중천에 떠 있다. 주위가 아주 훤하다.

어둠이 끝났다! 낮이다!

지금까지 낮이 이렇게 반가웠던 적은 한 번도 없었다.

내 몸을 내려다보고 그 더러움에 너무 놀라 몸이 굳는다. 손이 온통 시커먼 데다가 피까지 잔뜩 엉겨 붙었다.

손가락들이 서로 들러붙었고 머리카락은 이마 위에서 마구 엉클어졌다.

너무 지쳐서 금방이라도 쓰러질 것 같다. 온몸이 욱신거린다.

샤워장으로 간다! 거기서 검댕과 피를 씻어 낸다!

사람! 다시 사람이 된다!

"내일 보세!" 갱부장이 나를 향해 외친다.

갱부장의 이름은 마티아스 그뤼처다. 그의 손을 붙잡는다.

이 손에 입을 맞추고 싶다. 이게 바로 노동자의 손이다. 너무나 고귀한 손.

오랫동안 멀어지는 갱부장의 뒷모습을 지켜본다.

그런 다음 술에 취한 사람처럼 비틀거리며 밖으로 걸어 나간다.

햇살 속으로 걸어 들어간다!

내가 갱 안에 들어갔다 나오는 동안 이곳 바깥에서는 아무 일도 없었던 것 같다. 어제하고 똑같다!

몇몇 광부들이 담배를 피운다. 연기, 자욱한 담배 연기. 석탄 검댕. 하늘을 향해 솟구치는 불꽃들! 비명 소리, 야유 소리, 소음, 노동!

환기 장치에서 들려오는 노랫소리.

노동의 노래다.

나는 초록색을 찾아 주위를 둘러본다. 하지만 이곳에 초록색은 없다.

나무 한 그루, 관목 한 그루 없다. 꽃 한 송이조차 없다.

초록색은 전혀 없다! 잿빛 일색이다! 한마디로, 깨끗이 면도한 얼굴처럼 식물은 하나도 없다.

사방에 탑과 굴뚝, 전신주들만 보인다. 담배를 피우던 무례한 사람들이 허공을 향해 기지개를 켠다.

나는 계속 걸어간다. 비틀거리면서도 걸음을 멈추지 않는다.

걸음에 점점 속도가 붙는다. 갈수록 더 빨라진다!

드디어 달리기 시작한다. 미친 듯이 달린다. 바람처럼 날아간다. 한시바삐 이곳에서 벗어나고 싶은 일념에 거리를 질주한다.

여기서 벗어나라! 여기서 벗어나라! 들판으로 가라!

사방에 온통 탑과 굴뚝, 전신주들만 보인다. 그리고 무례한 사람들뿐이다!

온통 잿빛 일색인 이곳에도 햇살이 내리쬔다.

밝은 햇살!

내가 미친 건가? 꿈을 꾸는 건가?

세상이 무너지고 있는 건가?

왜 살아 있는 사람이 하나도 없는 거지? 단지 짐승들만 살아 있는 건가? 시커먼 짐승들? 악마들, 탄광촌의 악마들인가?

나 역시 짐승인가? 시커먼 짐승? 악마, 탄광촌의 악마인가?

악마들이 채찍으로 나를 막 몰아대는 기분이다.

마음속에서 또 하나의 내가 나 자신을 관찰하고 있다.

봐주는 것 하나 없이 날카롭고 비판적인 시선으로.

이반 비누로프스키다!

내 마음속에 그가 들어 앉아 있다. 빌어먹을 개자식!

너는 짐승이다! 너는 악마다! 너는 사탄이다!

그래, 어서 와라. 내 꼭 너를 붙잡고 말리라. 너를 무너뜨리고 말리라.

너는 나를 굴복시키지 못한다! 절대로! 절대로!

두고 보면 누가 더 강한지 알게 될 것이다.

웃음이 터져 나온다. 그리고 소리친다.

그 소리를 듣고 사람들이 나를 향해 몰려온다. 무슨 일이냐는 듯 나를 쳐다보며 씩 웃는다. 그리고 나를 가리키면서 자기들끼리 뭐라 속삭인다.

나는 계속 앞으로 달려간다.

계속 가자! 계속 가자!

세상 끝까지!

나는 이반 비누로프스키와 싸운다. 그는 고양이처럼 동작이 민첩하다.

하지만 내가 그보다 한 수 위다.

드디어 이반 비누로프스키의 멱살을 움켜쥐는 데 성공한다.

그를 냅다 바닥에 내동댕이친다.

이반 비누로프스키가 숨을 색색거리며 바닥에 쓰러져 있다!

그의 눈에서 피가 흘러나온다.

죽어 버려, 이 개자식아!

나는 그의 머리를 짓밟는다.

드디어 나는 자유다!

나를 마지막까지 유혹하던 자가 바닥에 쓰러져 있다.

내 마음속에서 독소가 빠져나간다.

이제 나는 자유다!

나는 살아남았다! 나는 아직 살아 있다.

나 자신을 구원하고 싶다. 스스로의 힘으로 직접 나 자신을 구원하고 싶다.

다른 사람들에게 길을 제시하고 싶고, 돌파구를 만들고 싶고, 모범이 되고 싶다.

땅바닥으로 몸을 던져 대지에 입을 맞춘다. 단단한 갈색 대지에.

독일의 대지!

저녁 늦게 집으로 돌아온 나는 죽은 사람처럼 곧바로 침대에 쓰러진다.

*

8월 20일

나는 시 외곽에 있는 한적한 동네에 방을 얻었다. 작고 소박한 집들이 모여 있는 동네의 어느 광부 가족의 집이다.

작고 초라한 방이다. 가구라고는 침대와 의자, 책상, 세면대와 옷장이 전부다.

이곳에 올 때 단 두 권의 책만 가져왔다. 《성서》와 《파우스트》.

집 안에서 아이들의 소리가 시끌벅적하게 들린다. 하지만 나는 화나지 않는다.

오히려 아이들이 장난치는 소리를 듣는 것이 즐겁다.

특히 오후에 일터에서 집으로 돌아온 뒤에는 부러 내 방에서 아이들 소리에 귀를 기울이곤 한다.

아이들은 늘 시끄러운 비명을 질러 대며 왁자지껄 떠든다.

일직선 도로가 동네 한가운데를 가로지르고, 그 도로 양쪽으로 똑같은 모양의 주택들이 늘어서 있다. 장식이 없는 소박한 집들이지만 모두 깨끗하다. 아이들이 그 도로에서 뛰어논다. 가난한 사람들의 아이들. 비록 얼굴은 거무튀튀하지만 눈빛만은 진지하기 그지없다.

우리가 사는 이 거리에는 명랑함이 없다.

아이들조차도 다른 곳의 아이들과 달리 명랑하지 않다.

이곳에는 성장이 더딘 지체아들이 많다. 그 아이들은 대부분 현관문 앞에 쪼그리고 앉아 있을 뿐, 다른 아이들과 어울려 놀지 않는다. 그 아이들은 말없이 진지한 표정으로 노는 아이들을 바라본다.

집 앞에는 항상 남자들이 서 있다. 일터에서 돌아온 남자들이다. 광부들은 조별로 근무 시간이 다양하기 때문이다.

아이들과 마찬가지로 어른들 역시 말수가 적고 진지하다. 많은 사람들이 신문을 읽는다. 대부분 신문을 읽으며 짜증과 불쾌함을 적극 표출하고 때로는 토론을 벌이기도 한다.

내가 거리를 지나가면 나를 향해 사람들의 적대적인 시선이 따라오는 것을 느낄 수 있다.

어쩌면 나의 착각일지도 모른다.

이곳의 모든 것이 내게는 새롭고 낯설다.

내가 살고 있는 집의 주인 부부는 몹시 무뚝뚝하다. 그리고 나한테 별로 신경을 쓰지 않는다.

이곳에 온 이후로 나는 사람들에게 편지를 써 보내지 않는다. 편지를 받은 적도 없다. 지인들은 내가 지금 어디에서 무엇을 하는지 전혀 모른다.

내가 의지할 것은 오로지 나 자신뿐이다.

여가 시간에 나는 잠을 자거나 산책하며 거리를 돌아다닌다!

요즘은 아무것도 생각하지 않는다. 기분은 좋지도 나쁘지도 않고 그저 그렇다.

행복하다고 말할 수도 없다. 고된 노동으로 하루하루를 보낸다. 이러다 쓰러지는 게 아닐까 불안해하기도 한다.

하지만 불안감이 밀려올 때면 이를 악물고 지난 몇 달 동안의 고통을 생각한다.

마음을 진정시키는 데 그게 꽤 도움이 된다.

일을 끝내고 집에 돌아오면 한없는 만족감이 밀려온다.

하루의 시작은 늘 힘들다.

하지만 예전에는 알지 못했던 많은 일들을 이해하게 됐다.

우리는 모든 단계를 직접 경험해 봄으로써 배울 수 있다.

그 단계들이 전부 모여 삶이 되는 것이다.

나는 점차 노동자 문제의 비극성에 대해 눈을 뜬다. 직접 육체노동을 경험해 본 사람만이 노동자 문제를 제대로 이해할 수 있다. 모든 자본가들을 1년 동안 탄갱 속에 들여보내면 노동자 문제의 해결 속도가 훨씬 빨라질 것이다.

노동자가 권리를 소유하는 것이 노동자에게 무슨 도움이 되느냐고? 노동자가 권리를 갖기 위해서는 먼저 권력을 소유해야 한다.

권력이 권리에 우선한다.

돈에 대한 노동자의 입장은 세상과 독일의 관계에 비유할 수 있다. 이때 한탄은 아무런 도움이 안 된다. 상대방을 굴복시키거나 상대방에게 잡아먹히거나, 둘 중 하나다.

국민 공동체 아니냐고? 그렇다! 개개인이 전부 각자의 권리를 갖고 있다면 국민 공동체가 될 것이다. 하지만 정말 그런가? 당신들의 평화를 보장해 주기 위해 우리가 침묵해야 하나? 그건 당신들에게만 좋은 일 아닌가.

전투를 중단하자고? 그건 그 말을 믿고 성으로 통하는 다리를 내려놓으면 떼 지어 몰려와 오만하게 우리의 성을 마구 짓밟고 다니는 적들이 하는 말이다.

우리는 화합해야 한다는 말이 대체 무슨 뜻인가? 평화를 깨뜨린 자가 평화를 다시 구축해야 한다. 안 그러면 우리가 무력으로 평화를 강요할 수밖에 없다.

나를 진심으로 형제로 생각하는 자만이 나의 형제다.

이럴 수가! 이 사람들이 독일을 증오한다는 사실에 너무나 큰 충격을 받았다! 독일에 대한 그들의 사랑이 배신당했기 때문이다. 그들의 증오는 사랑이 무시당하고 기만당한 데서 비롯된 것이다.

나라를 위해 목숨을 바치는 사람은 자동적으로 나라를 함께 소유할 권리를 갖는다. 목숨은 군주한테는 물론 노예한테도 소중한 것이다. 잃어버릴 수 있는 목숨은 누구한테나 하나밖에 없다.

이 사람들이 '우리에게 독일이 무슨 의미인가?'라고 묻는 것이 높은 자리에 있는 희대의 사기꾼들이 '독일이 최고!'라는 구호를 외치는 것보다 훨씬 더 미래 지향적으로 들린다.

우리 앞에는 아주 무겁고도 엄숙한 사명이 하나 놓여 있다. 천 개의 무책임한 실수들을 만회하는 것이다. 그것에 성공하면 ― 반드시 성공해야 한다 ― 독일은 새로운 세상을 만들 것이다.

언젠가는 이 고개 숙인 사람들이 몸을 꼿꼿이 세우는 날이 올 것이다. 언젠가는 이 피곤에 지친 눈들이 반짝거리기 시작하는 날이 올 것이다. 언젠가는 거칠어진 이 노동자들이 주먹을 움켜쥘 날이 올 것이다. 언젠가는 이 창백하고 성난 사람들의 입이 열리는 날이 올 것이다. 언젠가는 수백만 개의 목구멍에서 "치욕을 끝내자. 조국은 조국을 해방시키는 자의 것이다! 우리가 집어 들 무기는 어디 있는가?"라는 함성이 터져 나올 날이 올 것이다.

그런 날이 오면 분명 온 세상이 우리를 보며 몸을 부들부들 떨 것이다.

그때 작은 목숨 하나가 뭐 그리 중요하겠는가.

*
8월 26일

광부들은 나를 증오한다. 그래서 기회가 생길 때마다 번번이 나를 곤경에 빠뜨릴 뿐 아니라 내게 말을 걸지도 않는다.

갱부장 마티아스 그뤼처만이 가끔 나한테 한마디씩 건넨다.

사람들이 그러는 이유를 모르겠다. 아마도 내가 오만하다고 느끼기 때문일 것이다. 그런데 그것을 막을 방법이 전혀 없다.

어쩌면 그들의 생각이 옳을지도 모른다. 나는 그들에게 동료로 인정받지 못한다. 아직까지는.

사람들은 실제로 내가 오만하다고 생각해서, 혹은 정신적으로 내가 오만할 거라는 선입견에서 나를 멀리한다. 그들은 아직 나를 믿지 못한다.

아무래도 사람을 믿었다가 배신당한 경험이 아주 많은 듯하다.

우리가 서로를 이해하지 못하는 사회적 문제의 본질이 바로 이것이다. 피를 나눈 형제들이 사유 재산으로 인해 분리되는 바람에 서로 다른 언어를 사용하고 서로 다른 생활 방식으로 살아가기 때문이다.

우리는 위와 아래, 둘로 나누어져 있다. 그리고 이 둘 사이에 벽이 가로놓여 있다. 그런 현상은 경제 분야에서 가장 두드러지게 나타나는데, 그것이 공공 생활의 모든 영역에도 영향을 미친다. 원래는 서로를 연결시켜 줘야 할 모든 것이 우리를 갈라놓은 것이다. 그리고 사람들은 현실에서 비로소 그것을 자각한다.

말만 번지르르하게 늘어놓는 공론가가 탄광의 갱도 속으로 내려가 애국주의를 설파하면 광부들이 그에게 보여 줄 것은 단지 애잔한 미소뿐이다. 어쩌면 완전히 외면할 수도 있다.

사회주의. 그것은 좌파와 우파를 연결해 주는 다리다. 희생정신을 지닌 사람들이 그 다리를 통해 서로에게 다가간다. 양쪽 진영에는 수많은 무뢰배들과 사기꾼들이 있다. 하지만 수뇌부에는 영웅들이 있다. 그들이 해결책을 찾을 것이다.

나는 위에서 밑으로 내려간다. 그리고 밑에서 위로 올라오는 길을 개척하는 동지를 찾고 있다.

우리가 다리가 될 것이다. 어쩌면 그 과정에서 상대방에게 자신의 넓은 등을 길로 내주어야 할지도 모른다.

그래야만 한다! 이것은 최고의 사람들이 자신을 희생할 만한 가치가 있는 사명이다.

오늘 누가 나에게 다가와 입을 비죽거리며 이렇게 말했다.

"너는 저 위쪽에 있는 모리배들 중 하나일 뿐이야. 우리한테서 뭔가를 염탐해 가려고 온 거겠지? 몸조심하도록 해! 우린 항상 다이너마이트를 갖고 작업하고 있어."

그 말을 듣는 순간 얼마나 화가 솟구치던지 내 손이 부들부들 떨린다. 그 말을 하는 녀석의 얼굴을 향해 주먹을 한 대 날리고 싶다.

하지만 금세 흥분을 가라앉히고 당당하게 녀석을 쳐다보며 말한다. "너는 때릴 만한 가치도 없어. 지금 자신이 무슨 짓을 하는지도 모르니까."

그 순간 녀석이 완전히 당황한다. 그리고 아무 말 없이 옆으로 비켜나 다른 사람들과 귓속말을 나눈다.

그는 이제 나를 죽도록 증오할 것이다.

앞으로 더더욱 조심해야 한다.

*
9월 2일

탄광은 수호신이다. 그것이 나를 붙잡고 더 이상 놓아주지 않는다.

나는 탄광의 매력에 푹 빠져 버렸다.

다시 갱도 밑으로 내려갈 시간만 초초하게 기다린다. 이제 땅 위에서는 내 자리가 더 이상 없는 듯하다.

갱도 밑에서 사람들이 나를 필요로 한다.

나는 이제 완벽하게 광산의 일원이 되었다.

임금도 다른 사람들과 똑같이 받는다. 물론 그리 많지는 않다. 하지만 혼자 살기에는 충분하다.

더 많은 돈은 필요 없다. 나는 혼자 힘으로 일어선다.

직접 내 두 손으로 하는 육체노동으로 살아간다.

나의 주인은 바로 나다!

노동은 나를 한없이 만족시킨다!

이곳 사람들은 자신이 하는 노동의 결과를 직접 눈으로 확인한다. 땅에서 석탄을 캐는 것이다. 그들은 땅속에서 귀한 보물을 캐낸다.

자랑스러우면서도 외로운 일이다.

손은 많이 거칠어졌다. 오래된 상처와 새로 생긴 상처로 손에서 상처가 아물 날이 없다.

며칠 전 머리 위에서 떨어진 돌멩이에 맞아 이빨 두 개가 부러졌다.

만약 지금 당장 거울을 보면 거울 속 인물을 알아보지 못할 것 같다. 뺨은 움푹 꺼졌고 얼굴은 거무튀튀할 것이다. 눈썹과 코 주변에는 탄가루가 덕지덕지 묻어 있을 것이다.

"세수를 해도 탄가루를 완벽하게 씻어 낼 수는 없네. 피부를 벗겨 내지 않는 한 그건 불가능해." 마티아스 그뤼처가 말한다.

그 이야기에 내 입이 크게 벌어진다. 입술에는 피딱지가 앉았고, 피가 말라붙었다.

하지만 기분은 더없이 상쾌하다. 맞다, 내 안에서 힘이 무럭무럭 성장하고 있는 것을 느낀다.

*
9월 10일

새벽 4시에 일어난다. 아직 바깥은 어둠에 잠겨 있다.

촛불을 켜고 옷을 갈아입는다. 서둘러야 한다.

뜨거운 커피를 한 잔 마신 다음 밖으로 나간다.

탄광까지 가는 길은 멀다. 산꼭대기까지 약 45분쯤 걸어 올라가야 한다.

업무 교대 시간이 정각 5시니 그 전에 도착해야 한다.

길이 어두컴컴하다. 멀리서 보이는 빨간색 불빛이 방향을 알려 준다. 간간이 돌멩이와 덤불에 발이 걸려 비틀거린다. 그래도 계속 걸어간다.

아직 날이 쌀쌀하다. 뛰어가면 몸이 좀 따뜻해진다.

계속 전진!

시커먼 그림자들이 내 앞에 불쑥불쑥 나타난다. 탑과 굴뚝의 그림자들이다.

윙윙거리는 소리와 노랫소리가 들린다.

그 소리들이 악마처럼 내 마음속으로 기어들어 와 나를 잡아당긴다.

탄광으로 가자! 탄광으로 가자!

경작지 옆으로 지나간다. 향긋한 흙냄새가 코를 찌른다.

멀리서 개 짖는 소리가 들린다.

길 양편에 회색빛 광부 사택들이 늘어서 있다. 어느 방에서 불빛이 하나 새어 나온다. 아마 그 사람도 노동하러 가기 위해 새벽같이 일어났을 것이다.

납덩이처럼 무겁게 하루 일과가 시작된다. 모든 것이 잿빛 일색이다. 등줄기로 전율이 흐른다.

절망감에 사로잡히지 않으려 이를 꽉 문다.

새벽닭 우는 소리가 들린다. 고향에서 듣던 것과 똑같다!

젠장!

고향 생각을 애써 떨쳐 버린다.

탄광 입구가 보인다!

안으로 들어간다!

입구 옆에 광부들이 앉아 있다. 노인도 있고 젊은이도 있다. 가슴에 광부용 안전등을 매달고 입장을 기다리는 중이다.

입장을 위해 줄을 맞춰 앉아 있다. 아무 말 없이 가만히.

아주 가끔 한두 마디 말소리가 들린다. 거의 속삭이는 수준이다.

나는 맨 뒤에 있는 사람들 뒤에 가서 앉는다.

"무사히 지상으로!" 사람들에게 광부의 인사를 건넨다.

두세 명만이 무뚝뚝하게 내 인사에 답한다.

작업 교대 시간이 되기를 기다린다. 절반은 기대에 찬 표정이고 절반은 마지못해 한다는 듯 죽을상을 하고 있다.

땅이 잡아당긴다.

우리는 땅의 노예다.

목에 노동의 멍에를 지고 있는 노예. 노예는 조용하고 말이 없다. 고통도 없고 기쁨도 없다.

우리는 생각하지도 않고 한탄하지도 않는다.

우리는 다만 견딜 뿐이다.

우리는 싸우지도 않고 울지도 않는다.

그래야 한다!

우리는 다만 견딜 뿐이다. 다른 모든 이들을 위해서.

우리는 견뎌 낸다!

해가 뜬다. 주위가 서서히 밝아진다. 낮이 시작된다.

우리한테는 두 번째의 밤이 시작된다.

사이렌이 울린다.

우리는 광석 운반용 쇠 바구니에 올라타고 재빨리 지하로 내려간다.

*

9월 15일

탕 하는 소리와 함께 쇠 바구니가 갱도 바닥에 도착한다. 시끄러운 소음이 천둥 치듯 귓전을 때린다. 각목들이 날아다니고 돌멩이들이 떨어진다. 작업 소음이 어찌나 시끄러운지 대화를 나눌 수조차 없다. 그제야 나는 기분이 좋아진다.

노동의 심포니!

만족스럽고 완벽한 인생!

창조하라! 길어 올려라! 손으로 작업을 시작하라!

주인이 되어라! 극복해라! 삶의 왕이 되어라!

하지만 곧바로 다시 산의 성스러운 고독과 그 누구의 발길도 닿지 않은 하얀 눈밭이 그리워진다.

*

9월 18일

우리를 해방시키는 것은 정신이 아니다. 노동도 아니다. 정신과 노동은 단지 더 높은 힘의 형식에 불과하다.

시작과 끝에 투쟁이 있다. 나는 스스로 투쟁을 받아들였다. 우리는 맨 먼저 자신의 마음속에 있는 더러운 마음을 억제해야 한다. 그러고 나면 모든 일이 다 장난처럼 쉬워진다.

우리는 정신과 노동, 그리고 투쟁으로부터 이 시대를 이끌어갈 동력을 얻는다.

업적을 중시하는 새로운 귀족 정치의 시대가 될 것이다.

*

9월 20일

돈은 인류에 대한 저주다. 돈은 위대함과 선함의 싹을 아예 죽여 버린다. 돈 한 푼 한 푼에는 땀과 피가 묻어 있다.

나는 마몬(Mammon, 재물의 신 ― 옮긴이)을 증오한다.

그는 태만과 배부른 휴식을 가르친다. 그리고 우리의 마음속 가치를 말살하고 우리로 하여금 낮고 비천한 본능에 따르도록 만든다.

일주일 중 제일 기분이 나쁜 날은 주급을 받는 날이다. 그들은 마치 개에게 뼈다귀를 던져 주듯 우리에게 돈을 던져 준다.

세상은 무정하고 가혹하다. 인색한 사람의 얄팍한 손에 들어 있는 돈처럼 무정하다.

절약은 꺼림칙한 덕목이다.

너희들은 보물과 돈을 긁어모아라.

나는 내 충만한 영혼을 마음껏 낭비하며 살겠다.

돈은 자유주의에서 중시하는 가치 척도다. 가상을 현실로 바꿀 수 있다고 주장하는 자유주의의 이론은 터무니없다. 자유주의는 결국 그로 인해 무너질 것이다. 돈은 노동자에게는 저주다.

돈을 목숨보다 우위에 둘 수는 없다. 그렇게 하는 곳이 있다면 그곳에서는 모든 고상한 힘들이 고갈되어 버릴 것이다.

돈은 목적을 위한 수단일 뿐, 목적 자체가 될 수 없다. 돈이 목적 자체가 되는 경우 노동은 필연적으로 목적을 위한 수단으로 전락하게 된다.

만약 어떤 민족이 모든 것을 돈으로만 평가한다면 그 민족은 조만간 몰락하게 될 것이다. 왜냐하면 돈이 모든 것을 집어삼킬 것이기 때문이다. 역사적으로 여러 민족과 문명이 돈에 집착하다가 일찍이 몰락을 맞이했다.

위대한 병사들이 목숨을 걸고 나라를 지키는 동안, 200만 명의 병사들이 전쟁터에서 피를 흘리는 동안, 귀족 출신의 사기꾼들은 자신들의 부를 축적했다. 나중에 병사들이 집으로 돌아오면 그들에게 집과 농장을 사줄 거라는 감언이설을 늘어놓으면서 말이다.

지난번 전쟁에서는 돈이 승리하고 노동이 패배했다. 국민들은 전쟁의 승자가 아니라 패자다. 돈을 받고 일을 한 국민도 있고, 그런 식의 행위를 반대하며 노동을 지키려 한 국민도 있다.

독일은 노동의 편에서 싸운 국민이고 프랑스는 돈의 편에서 싸운 국민이다. 그런데 노동이 지고 돈이 이긴 것이다.

돈이 세상을 지배한다! 만약 이 말이 진실이면 너무나 끔찍하다. 그런데 오늘날 이 말이 진실이 되었기 때문에 우리는 무너지고 있다. 돈과 유대인, 이 둘은 떼려야 뗄 수 없는 관계다.

돈은 뿌리가 없다. 돈이 인종들보다 더 우위에 있다. 돈은 서서히 국민이라는 건강한 유기체를 잠식해 들어가 그들이 지닌 창조적인 힘을 말살시킨다.

우리는 투쟁과 노동을 통해 돈으로부터 해방돼야 한다. 우리 스스로 마음속에 있는 광기를 분쇄해야 한다. 그렇게 해야만 언젠가 황금 송아지가 우리를 향해 돌진해 올 것이다.

자유주의는 본질적으로 돈의 이론이다.

자유주의, 그것은 '나는 마몬을 믿는다'는 뜻이다.

사회주의, 그것은 '나는 노동을 믿는다'는 뜻이다.

*
9월 25일

일터에서 돌아와 보니 아이들이 비좁은 현관에서 놀고 있다.

한 아이의 팔을 붙잡아 내 방으로 데려온다. 당황한 아이가 울음을 터뜨린다. 그 아이의 손에 갱도에서 발견한 반짝이는 돌멩이를 쥐여 준다.

이제 나랑 친숙해진 아이가 내 방에서 놀기 시작한다.

"이름이 뭐야?"

"안나요."

"안나, 정말 예쁜 이름이구나.

잘 봐, 너한테 준 이 돌멩이는 내가 갱도 안에서 찾은 거야.

돌멩이가 반짝거리는 거 보이지? 밖에 나가 햇빛에 비춰 보면 훨씬 더 아름다울 거야. 아마 다이아몬드처럼 반짝거릴 거야."

"우리 아빠도 광부예요. 지금 아빠는 누워서 자고 있어요."

"맞아. 네 아빠하고 나는 갱도에서 일해."

"사람들이 전부 갱도에서 일하나요?"

"그렇지는 않아! 하지만 사람이라면 누구든 일을 해야 돼. 어떤 사람은 땅 위에서 일하고, 어떤 사람은 땅 밑에서 일해. 씨를 뿌리고 곡식을 수확하는 사람도 있는데, 그 덕분에 우리가 빵을 먹을 수 있는 거야. 땅에서 석탄을 캐내는 사람도 있는데, 그 덕분에 우리가 난방도 하고, 전기도 쓸 수 있는 거야."

"일을 하지 않는 사람도 있나요?"

"응! 하지만 우리 노동자들이 힘을 모으면 일하지 않고 빈둥거리는 게으름뱅이들을 전부 쓸어버릴 수 있어. 일하지 않는 자는 먹지도 말아야 해."

잠시 대화가 중단된다.

"우리 엄마는 부엌에서 감자를 손질해요."

"맞아, 네 엄마 역시 부지런히 일하지. 엄마를 좋아하니?"

"네, 하지만 아빠는 별로 좋아하지 않아요. 아빠가 나를 때리거든요."

"엄마는 안 때리니?"

"네, 엄마는 안 때려요. 엄마는 착해요."

꼬마 여자아이가 내 손을 끌고 좁고 초라한 부엌으로 데려간다.

"안나, 그러면 안 돼!"

"괜찮아요. 안나는 정말 사랑스러운 아이예요."

"당신을 귀찮게 하잖아요."

"아닙니다."

한참 동안 침묵이 이어진다.

나는 침묵을 견디지 못하고 마지못해 방으로 돌아간다.

*
9월 28일

나는 점차 동료들 사이에서 인정을 받기 시작한다.

나한테 말을 거는 사람들이 조금씩 많아진다. 심지어 제 걱정거리를 털어놓고 궁핍을 하소연하는 사람들까지 생겼다.

나에 대한 불신이 서서히 사라진다.

셋집 주인 부부 역시 갈수록 나를 다정하게 대한다.

오늘 오후에 집에 돌아와 보니 내 방 책상 위에 작고 소박한 꽃 몇 송이가 놓여 있다.

마음이 얼마나 기쁘던지!

나를 본 아이들이 큰 소리로 내 이름을 부르며 팔에 매달린다.

*
10월 3일

"너무 무리하면 지치네, 미하엘. 계속 그런 식으로 하다가는 몸이 못 버티고 쓰러질 수도 있어."

"사람은 생각보다 훨씬 더 잘 견뎌요. 사람은 제 몸만 챙겨서는 안 돼요. 그리고 인생에서 많은 것을 받아들여야 해요.

전쟁터에서 우리는 육체적으로 힘든 일을 많이 겪었어요. 그 과정에서 저항 정신을 키웠고요. 그 덕분에 우리는 무너지지 않았어요."

"하지만 전쟁 때문에 정신적, 육체적으로 이루 말할 수 없는 고통을 겪었네."

"그건 마티아스의 말이 옳아요. 그걸 어떻게 잊겠어요. 하지만 보다시피 우린 함께 그것을 견뎌 냈어요. 노동자와 지배자 말이에요.

전쟁터의 참호 속에서 우리는 하나였어요. 성에서 살다 온 귀족과 탄광촌 출신의 광부가 나란히 누워 있었다는 뜻이에요.

그때 우리는 서로 연결돼 있었고 친구였어요. 출신 성분이 다른 사람들이 처음으로 서로를 알게 된 거죠.

그런데 불행하게도 전쟁이 끝난 후 다시 틈새가 벌어졌어요.

노동은 총성 없는 전쟁이에요. 따라서 우리는 서로 의지해야 돼요. 한쪽은 주먹으로. 한쪽은 머리로. 언젠가 우리는 서로를 이해해야 돼요. 당연히 그 시기는 **빠르면 빠를수록** 좋고요.

가뜩이나 삶이 무겁고 힘든데 서로 으르렁거리면서 싸울 시간적 여유가 없어요. 이 땅에 살고 있는 수백만 명의 사람들, 또 앞으로 이 땅에 태어날 수백만 명의 사람들을 위해 우리는 빵을 공급해야 해요. 안 그러면 우리는 조만간 무너질 수밖에 없어요."

"자네 말이 맞아. 하지만 높은 자리에 앉아 있는 사람들은 아무도 자네처럼 생각하지 않아. 그들의 관심사는 오로지 돈과 권력뿐이네."

"그렇기 때문에 그들을 압박해야 돼요. 주먹을 들이대야만 말을 알아듣는 사람들이 있어요. 그런 사람들은 절대 배려해 줄 필요가 없어요. 역사 앞에서 우리 젊은이들이 그들보다 더 큰 권리를 갖고 있어요.

노인들은 우리 젊은이들의 존재를 인정하지 않으려 해요. 마지막 순간까지 어떻게든 자신들의 힘을 놓지 않으려는 거죠.

하지만 그들도 언젠가는 굴복하게 되어 있어요. 마지막 승자는 우리 젊은이들이 될 거예요.

왜냐하면 우리 젊은이들은 공격수니까요. 항상 공격하는 자가 방어하는 자보다 더 강한 법이죠.

우리는 먼저 자신을 해방시키고 그 다음에 노동자들을 해방시킬 거예요. 그리고 해방된 노동자들은 우리의 조국을 사슬에서 풀어 줄 겁니다."

"노동과 전쟁에 대한 자네의 말은 틀린 게 없네. 가장 아름다운 일은 지금 자네가 한 말을 진실로 만드는 거야.

자네는 다른 사람들처럼 말로만 떠드는 공론가가 아니라 행동으로 보여 주는 실천가일 거라고 믿네.

자네가 처음 이곳에 왔을 때부터 나는 단박에 알 수 있었네. 자네 얼굴을 처음 본 순간 노동 이념의 선구자라는 사실을 깨달았다는 뜻이야.

우리 탄광에는 대학 나온 사람들도 많이 찾아오네. 다들 아주 성실한 사람들이야. 일을 할 때도 꾀를 피우지 않고 아주 열심히 제 몫을 다한다네.

하지만 그들은 대부분 우리 광부들을 제대로 이해하지 못하네. 그들은 우리가 있는 이 밑으로 내려오네. 아니, 그냥 내려오는 정도가 아니라 아예 우리한테 맞춰 몸을 숙인다네. 그런데도 우리 마음속에는 뭔가 앙금 같은 게 남아 있어. 그 결과 우리하고 그 하얀 손의 주인들 사이에는 저도 모르게 증오심 같은 게 싹튼다네.

아마 자네도 이곳에서 대학생에 대한 사람들의 적대감을 많이 경험했을 거야. 하지만 자네는 그것을 개선하려 한다는 거 잘 알고 있네. 자네는 우리한테로 내려오려는 것이 아니라 우리를 자네한테로 끌어올리려 하지.

그리고 그 방법을 제대로 알고 있더군. 그건 자네가 우리를 동지로 인식하고 있기 때문이야. 그렇기 때문에 자네는 곧 우리 마음을 열 수 있을 거야."

아침 휴식 시간에 나는 마티아스 그뤼처 옆에 무릎을 꿇고 앉아 한참 동안 대화를 나눈다. 우린 서로를 이해한다.

*

10월 9일

소극적 저항.

회사는 노동자들에게 더 많은 임금을 지급할 생각이 없다. 그런데 노동자들은 현재의 임금으로는 살아갈 수가 없다.

갱도 안에서 광부들이 작업을 중단한 채 논쟁을 벌인다. 여기저기서 욕설도 튀어나온다. 마치 휴일인 것처럼 갱도 안이 조용하다.

아무도 망치를 두드리지 않는다.

작업을 하는 대신 광부들은 증오심에 가득한 협박의 말, 저주의 말, 그리고 욕설들을 내뱉는다.

어제부터 내 입장이 몹시 곤란하다. 광부들은 공개적으로 나를 협박한다. 그리고 사방에서 나를 향해 욕설이 날아온다.

그들은 나를 파업을 와해시키려는 목적으로 회사에서 침투시킨 스파이라고 의심한다. 그래서 공개적으로 나를 자본가의 하수인이라고 부른다.

나를 옹호해 주는 사람은 마티아스 그뤼처 하나뿐이다.

*
10월 17일

탄광 앞에 수천 명의 광부들이 모여 있다. 비명 소리와 노랫소리가 울려 퍼지고 돌멩이들이 날아다닌다. 광부들이 허공을 향해 주먹을 휘두르며 구호를 외친다.

관리 사무실 앞에 사람들이 V자 형대로 진을 치고 있다.

누군가 큰 목소리로 선창하자 사람들의 함성이 이어진다. 명령이 떨어지자 창문들이 깨지고 문이 떨어져 나간다. 대열이 흐트러지더니 사람들이 거대한 물결처럼 관리 사무실을 향해 한꺼번에 몰려간다.

한 여자가 두 손을 높이 치켜들고 비명을 지르면서 계단을 내려온다. 그런 다음 남자들을 향해 다가가더니 질주하는 남자들을 가로막으며 땅바닥에 드러눕는다. 하지만 남자들은 그냥 여자를 밟고 지나간다.

그 광경에 나는 가슴이 찢어지고 온몸에 경련이 인다. 참을 수 없이 고통스럽다.

그래서 사람들을 향해 돌진하며 크게 외친다. "이건 미친 짓이에요."

나를 향해 욕설이 마구 쏟아진다. "파업 이탈자!", "스파이!", "자본가의 개!"

다음 순간 뭔가가 내 머리를 내리쳤고 이마와 관자놀이 위로 피가 흘러내린다. 손으로 피를 닦아 보지만 소용없다. 피가 점점 더 많이 흘러내린다.

다리에 힘이 빠져 더 이상 서 있을 수가 없다.

나는 곧바로 의식을 잃고 바닥에 쓰러진다.

눈을 떠보니 내 방 침대에 누워 있다. 마티아스 그뤼처가 침대 옆에 서서 나를 내려다본다.

누군가 계속 망치로 머리를 두드리는 것처럼 참을 수 없는 통증이 밀려온다.

입을 뗄 수도 없을 만큼 기운이 하나도 없다.

나는 다시 까무룩 정신을 잃는다.

오늘 나는 그간 벌어진 일을 다시 한번 명료하게 되짚어 본다. 물론 그날 저녁의 미친 장면은 아직도 생생하게 기억난다.

그들은 마치 짐승을 때리듯 나를 마구잡이로 구타했다. 개를 잡을 때도 그런 식으로는 하지 않을 것이다.

그들은 가혹하고 잔인했다. 나는 단지 방어력이 전혀 없는 가련한 여자를 도와주려 했을 뿐이다.

하지만 나는 분노하지 않는다. 원망하지도 않는다. 그건 그들이 나를 알지 못해 벌어진 불상사일 뿐이다. 그들은 내가 왜 그랬는지 알지 못했다. 모든 게 너무 가난해서 벌어진 일이다. 나중에는 본인들도 당황했다.

모든 것이 절망 때문에 벌어진 일이었다.

하지만 내 영혼 속에 가시 하나가 콕 박혀 있다.

*
10월 25일

몸을 회복한 뒤 처음으로 다시 탄광으로 출근한다!

착하고 다정한 얼굴들이 나를 반긴다. 사려 깊은 사람들이다. 나를 바라보는 표정이 아주 부드럽다.

한 늙은 광부가 다가오더니 거친 손으로 내게 악수를 청한다.

"무사히 지상으로!" 광부의 인사말이다. 세상에 이보다 더 아름다운 인사말이 또 있을까! 궁핍한 사람들이 서로에게 진심으로 빌어 주는 기원이다.

이 모든 것은 마티아스 그뤼처가 애쓴 덕분이다. 그가 사람들에게 나에 대해 해명을 해주었다.

아침 휴식 시간에 광부 하나가 찾아와 모든 사람들을 대표해 내게 용서를 구한다. 나는 당혹감과 수치심에 잠시 대답을 못하고 쩔쩔맨다.

마티아스 그뤼처가 내 옆으로 다가온다.

갑자기 내 눈에 눈물이 그렁그렁 차오르더니 굵은 눈물방울이 뺨 위로 흘러내린다.

맞다, 이제야 우리는 서로를 알게 됐다. 드디어 나는 당신들 무리의 일원이 되었다.

이곳에서 나는 더 이상 이방인이 아니다. 침입자가 아니다.

다른 노동자들과 함께하는 노동자들 중의 노동자다!

나는 노동자다. 나는 계속 노동자로 살고 싶다!

나는 당신들 무리의 일원이다. 이곳은 이제 나의 두 번째 고향이다.

축복받은 상처!

*

10월 30일

오늘 우연히 빈센트 반 고흐의 그림을 다시 본다. 그런데 뮌헨에서 그 그림을 봤을 때와는 느낌이 많이 다르다. 내 눈에 빈센트 반 고흐는 더 이상 화가가 아니다. 그는 사람이다. 신을 찾는 구도자다.

탄광에서 받은 주급으로 고흐가 동생 테오에게 보낸 감동적인 편지를 산다.

인간 고흐가 예술가 고흐보다 훨씬 더 위대하다.

낡은 사원은 무너져야 한다. 그래야 우리가 새로운 사원을 세울 수 있다.

*
11월 2일

나는 다시 예수 그리스도를 찾는다.

독일에서 신 문제는 예수 그리스도와 분리할 수 없다.

원래 우리는 신과 합일된 민족이었다. 그런데 지금은 그렇지 않다. 신에 대한 우리의 태도는 차갑지도 않고 뜨겁지도 않다. 절반은 기독교도이고 절반은 이교도인 셈이다. 최고로 훌륭한 사람들조차 어둠 속에서 빠져나갈 구멍을 찾지 못해 헤매고 있는 게 현재의 우리 실정이다.

하지만 이 문제에 관한 한 분명히 밝혀 둘 게 있다. 종교가 없는 민족은 숨이 끊어진 사람과 마찬가지라는 것이다.

모든 교파들이 다 실패했다. 완전히 실패했다. 그들은 전투에서 앞장서기는커녕 이미 오래전에 행렬의 후미로 완전히 밀려났다. 그때부터 그들은 오로지 증오심에 사로잡혀 새로운 교파가 형성되는 것을 극구 가로막았다. 하지만 수백만 명의 사람들이 그걸 기다리고 있다. 새로운 종교에 대한 그들의 열망은 여전히 충족되지 않은 상태다.

우리 시대가 아직 충분히 성숙되지 않았다고 생각하는가? 사람들은 거의 그렇다고 믿고 있다.

우리는 언젠가 종교에 있어서도 멋지고 새롭게 깨어날 것이다.

그때까지는 각자 나름의 방식으로 자신의 신을 찾아야 한다.

하지만 광범위한 대중들에게 새로운 신을 제시할 수 있기 전까지는 그들 스스로 자신들의 우상을 찾는 것을 허용해야 한다.

나는 성경책을 꺼내 저녁 내내 인류에게 주어진 가장 단순하면서도 가장 위대한 설교를 읽는다. 바로 산상 수훈이다!

"의를 위하여 핍박을 받는 자는 복이 있나니, 천국이 바로 그들의 것이다."

*
11월 6일

동료들은 나를 사랑한다. 그리고 나를 도와준다. 맞다, 그들은 눈빛만 보고도 내가 뭘 원하는지 금세 알아차린다.

한 동료는 가죽을 가져다주자 찢어진 내 신발을 기워 준다. 그런데 아무런 대가도 바라지 않는다.

다른 동료는 나의 작업복을 빨아다 주겠다며 집으로 가져간다.

어떤 동료는 집에 사과가 아주 많다면서 아침에 내게 커다랗고 빨간 사과 두 개를 건넨다.

내게 니체는 어떤 사람이었느냐고 묻는 동료도 있다.

동료들은 나를 돕고 나는 동료들을 돕는다.

나는 여기서 이 단순하고 소박하며 강한 사람들의 동료로 살고 있다. 그들 모두 과도한 선동에 휩쓸려 심리적으로 많이 망가진 것은 사실이다. 노력과 고생은 좀 해야겠지만 아직은 그 독소를 제거할 수 있다.

그들은 이제 나를 자신들과 똑같은 사람으로 간주한다.

모두가 격의 없이 친구처럼 나에게 말을 놓는다. 그래서 요즘은 갱도에 들어가면 마치 집에 온 것처럼 마음이 편하다.

언젠가는 우리 조국도 그렇게 될 것이다. 모두 똑같지는 않지만 모두가 형제로 느끼는 그런 나라.

저녁이면 나는 사람들과 어울려 대화를 나눈다. 논쟁도 벌이고, 말다툼도 하고, 아주 심한 욕설도 주고받는다.

가끔은 욕도 해야 한다. 그래야 마음속에 쌓인 원망을 밖으로 내보낼 수 있다.

나는 동료들의 집을 방문해 그 집 아이들과 놀고 그들의 아내들과 수다를 떤다.

그 사람들에게 내가 다녀온 여행지에 대해 이야기하면서 엽서와 사진들을 보여 준다.

요즘은 길을 걸어가고 있으면 아이들이 다가와 내게 손을 내민다.

*
11월 10일

이제 나는 형제가 많다. 동료들 모두 내 형제들이다.

노동의 형제들! 우리는 모두 형제다. 같은 피를 가진 운명 공동체.

우리 독일인들은 모두 같은 운명이다. 그런데 왜 우리 모두 형제가 되면 안 되는가.

우리는 수많은 어려움을 함께 겪어 왔기 때문에 결코 서로 분리될 수 없다.

나는 다른 사람들보다 더 나을 것도 없고 더 못할 것도 없다.

그저 한 젊은 독일인, 고난을 극복하고자 노력하는 투쟁가이자 인내하는 사람일 뿐이다!

우리는, 우리 독일인은 단결해야 한다!

우리의 마지막 재산을 위해서!

만약 우리가 다른 민족들에게 새로운 독일의 모습을 보여 주는 데 성공하면 새로운 천 년은 우리가 선도할 것이다.

*
11월 16일

이제 나는 완전히 자유롭다.

마음속에서 기적이 이루어진다. 새로운 세상이 시작된 것이다.

드디어 길이 열렸다. 노동을 통해 그 길을 열었다.

우리 모두 언젠가 구원의 노동을 해야 한다. 노동을 통해 맨 먼저 우리 자신을 구원하고, 그런 다음 다른 사람들을 구원해야 한다.

일단 자신의 삶을 극복하면 시대의 삶을 개척할 만큼 강해진다.

*
11월 23일

나는 정신에서 구원을 찾았으나 길을 발견하지 못했다.

우리는 정신을 극복해야 한다.

나는 노동에서 구원을 찾았으나 길을 발견하지 못했다.

우리는 노동을 정화시켜야 한다.

그런데 저절로 수수께끼가 풀린다.

그리고 새로운 법칙이 생겨난다.

이른바 노동과 투쟁과 정신의 법칙이다. 노동은 투쟁을 의미하고, 정신은 노동을 의미한다. 따라서 노동, 투쟁, 정신, 이 세 가지가 통합될 때 우리를 해방시킬 수 있다. 내적으로도 또 외적으로도.

투쟁으로서의 노동, 노동으로서의 정신, 그 안에 구원이 있다!

이제 내 시야는 명료하다! 앞이 탁 트였다!
마음이 새로 탄생하는 시간!
거칠어진 내 두 손이 떨리기 시작한다.

*
11월 29일

나는 이반 비누로프스키를 무너뜨렸다.
그의 마음속에 있는 러시아 사람을 극복한 것이다.
나는 스스로를 구원했다.
내 마음속에 있는 독일 사람을 해방시켰다는 뜻이다.
이제 우리 두 사람은 무자비한 적이 되어 서로 대립한다.
그리고 완전 무장을 하고 전투에 나선다. 이 대결의 승부에 우리의 운명이 달려 있다!
과연 누가 미래를 쟁취할 것인가?
범슬라브주의 대 범게르만주의의 대결이다!
아니, 나는 배신자가 아니다. 나는 우리를 믿는다. 우리 독일을 믿는다!

제국은 진통 속에서 태어난다!

지금은 세상 사람들이 독일이라는 이름의 제국을 조롱할 만한 이유가 충분하다.

하지만 우리가 있다! 우리 젊은 남자들이 살아 있다. 우리는 미래를 위해 우리한테 맞는 무기를 들고 적들과 맞서 싸울 것이다!

만약 우리가 본래의 모습을 되찾는다면 세상은 우리에 대한 두려움으로 벌벌 떨 것이다.

지구는 그것을 차지하는 자의 것이다.

*
12월 2일

이곳에서의 시간이 끝났다. 견습 과정을 다 마친 것이다.

내일 나는 바이에른 광산으로 간다.

나를 계속 그곳으로 이끌어 가는 것의 정체를 잘 모르겠다.

어쩌면 산의 고독이 나를 그곳으로 이끄는 것일지도.

모든 이들과 작별 인사를 나눈다. 예전에는 사람들한테서 이렇게 많은 사랑과 신의를 받은 적이 없었다.

나를 바닥에 쓰러뜨리고 구타했던 당신들이 지금은 나의 친구들이다.

나는 당신들을 절대 잊지 않을 것이다!

*
12월 10일

내가 20년쯤 나이를 더 먹어서 그런가? 아니면 오랫동안 꿈을 꾸다 눈을 뜬 건가? 뮌헨이 알아보지 못할 정도로 낯설다.

여기는 기차역, 저기는 슈타쿠스 구역, 마리아 광장, 테아티너 교회, 그 옆의 넓고 화려한 루드비히 슈트라세 거리! 그리고 슈바빙. 모든 것이 2년 전과 똑같다. 그런데 완전히 다르게 느껴진다.

그건 내가 다른 사람이 되었기 때문이다. 내 눈이 달라졌기 때문이다.

뮌헨 사람들의 달콤한 사투리가 들린다. 한 젊은 남자가 슈바빙 여자와 함께 내 곁을 지나간다.

대학에서 책가방을 들고 책을 겨드랑이에 낀 남학생들과 여학생들이 한꺼번에 우르르 몰려나온다.

대부분 비쩍 말랐다. 표정은 창백하고 진지하다.

예전에는 이들의 본모습이 내 눈에 안 보였던 건가?

그들이 굶주림과 결핍에 시달리고 마음이 차가운 젊은이라는 사실 말이다.

저녁이다. 나는 지금 어느 커다란 강당에 앉아 있다. 청중이 한 천여 명쯤 된다. 나의 정신을 일깨워 준 남자를 다시 본다.

이미 이곳에 모인 사람들은 전부 그 남자의 추종자들이다.

처음에는 남자의 얼굴을 거의 알아보지 못할 뻔했다. 존재감이 더 커지고 왠지 더 비밀스러워 보인다. 그의 입과 손에서 강력한 힘이 뿜어져 나온다. 바다처럼 파란 두 눈에서는 빛이 반짝거린다.

나는 무리 한가운데 앉아 있다. 그런데도 마치 그가 나 한 사람을 향해 말을 하는 것 같은 기분이 든다.

그가 노동의 축복에 대해 말한다! 나는 직접 육체노동을 경험했고 힘들었지만 그 과정을 견뎌 냈다. 그런데 그런 내 경험을 누가 이렇게 말로 표현해 줄 거라고는 상상도 못했다. 나의 고백 성사 같은 연설이다!

노동이 구세주다! 돈이 아니라 노동과 투쟁이 우리를 해방시킨다. 너를, 나를, 그리고 우리 모두를. 그리고 우리 모두가 함께 힘을 합쳐 조국을 해방시킨다.

마음에 깊은 평화가 찾아온다. 힘의 바다가 내 영혼을 깨끗이 씻어 주는 기분이다.

젊은 독일이 일어선다. 노동자들이 제국을 새로 건설한다. 물론 아직은 기초를 다지는 정도지만 언젠가는 전면적인 개혁이 이루어질 것이다.

내가 서 있을 자리는 바로 여기다!

나는 이곳에서 사력을 다해 싸울 것이다.

우리는 모두 성숙해져야 한다. 소수는 다수보다 더 나은 사람이 될 때에만 승리할 수 있다.

내 주위에 앉아 있는 사람들은 예전에 한 번도 본 적이 없는 사람들이다. 그런데 부끄럽게도 감격의 눈물이 차오른다.

*
12월 12일

"몇 주 전 헤르타 홀크한테서 편지를 한 통 받았어요. 그녀는 지금 뷔르츠부르크에서 대학에 다니면서 졸업 시험을 준비하고 있어요."

"왜 나한테 그런 이야기를 전하는 거죠, 아그네스 슈탈?"

"내가 보기에는 당신들 두 사람의 관계가 완전히 끝나지 않은 것 같아서요."

"아뇨, 우리는 끝났어요."

솔직히 말하면 그녀와의 관계를 끝내기 위해 무진장 애썼지만 아직 완전히 마음을 정리하지는 못했다.

땅속에서 하는 노동은 그 밖의 다른 모든 일을 아주 사소한 것으로 만들어 버린다. 그 안에서는 자신에 대해 거의 생각하지 않는다.

나는 헤르타 홀크를 매우 사랑했다. 그리고 아직도 그녀를 사랑할 뿐만 아니라 앞으로도 영원히 사랑할 것이다. 하지만 그녀는 내게 모든 것을 함께 헤쳐 나가는 동료가 아니었다. 아마 나는 앞으로도 그런 사람은 절대 만나지 못할 것이다.

하지만 누구나 죽을 때는 혼자가 아니던가.

헤르타 홀크는 새로운 것에 대한 호기심은 갖고 있지만 이런저런 사소한 선입견들과 낡은 가치관에서 벗어나지 못했다. 시대에 뒤떨어진 시민적 가치관 말이다. 그녀는 언행의 일관성을 유지할 용기가 없었다.

사실 그런 용기를 가진 사람은 소수에 불과하다!

그녀는 생각이 자주 바뀐다. 그래서 타협을 하는 것에 거부감이 없고, 마음의 평화를 투쟁이나 승패에 대한 전망보다 더 높이 평가한다.

그녀는 기다리지 못했다.

나에게 할애할 시간도 없었다.

"당신은 그녀를 오해하고 있어요."

"그렇지 않아요. 나는 그녀에게 화나지 않았어요. 그녀의 입장을 충분히 이해해요.

헤르타는 나의 운명이었어요. 끝까지 운명을 함께 타개해 나가고 싶었던 여자.

우리는 우리에게 희생할 기회를 준 사람들에게 감사해야 해요."

대화가 잠시 중단된다.

"그래서 당신은 또 다시 갱도 속으로 들어가려는 건가요?"

"네, 땅속에 있으면 행복해요. 거기서는 많은 사람들이 나를 필요로 한다는 것을 확실히 느낄 수 있거든요."

텅 빈 그녀의 작업실은 쓸쓸하기 그지없다. 높은 창문을 통해 마지막 저녁 햇살이 스며든다.

종종 헤르타 홀크와 함께 앉아 있던 자리다.

*
12월 13일

리하르트를 방문한다.

그는 하이델베르크 대학에서 학위를 취득한 뒤 지금 어느 대형 출판사에서 일한다.

리하르트는 두서없이 이야기들을 마구 쏟아 낸다. 새로운 예술에 대한 이야기도 하고 영혼의 표현 가치에 대한 이야기도 한다.

나는 그의 이야기를 한 귀로 듣고 한 귀로 흘린다. 못 본 사이에 리하르트는 많이 변했다. 이제야 그것을 깨닫고 나는 그의 모습을 자세히 관찰한다. 일단 얼굴에 살이 많이 올랐고, 눈길을 끄는 뿔테 안경을 쓰고 있다. 태도에서 자신감과 자의식이 넘쳐 난다. 하지만 나를 대하는 게 어색한지 내 눈을 똑바로 쳐다보지 못한다.

나는 서둘러 그에게 작별 인사를 건넨다.

그가 현관 앞까지 나를 배웅한다. 그리고 등 뒤에서 이렇게 소리친다. "미하엘, 잘 지내기 바라네."

나는 천천히 길을 따라 걷는다.

그런데 갑자기 뒤에서 달려온 리하르트가 내 손을 붙잡고 몹시 흥분한 표정으로 이렇게 속삭인다.

"미하엘, 자네가 부러워 죽겠네. 나는 악당이 돼 버렸어."

그 말을 듣는 순간 그에 대한 원망이 순식간에 사라진다. 나는 그의 손을 꽉 움켜쥔다.

우리는 그렇게 작별한다.

*
12월 15일

피나코텍 미술관에서 우연히 러시아 대학생을 만났는데, 비누로프스키가 죽었다는 놀라운 소식을 전해 준다.

7월에 러시아로 돌아간 비누로프스키는 페테르부르크에서 비밀 혁명 조직을 결성해 몇 건의 소소한 모반 활동을 꾀했다. 그 일로 정부의 감시망에 포착되었고, 결국 9월에 체포되었다. 하지만 범죄 혐의가 입증되지 않아 2주간 구금된 이후 석방되었다. 11월 초 그의 이름이 신문에 자주 언급되었다. 그가 공공 기관의 부패 스캔들을 밝히는 데 주력한 탓이다.

그리고 11월 23일 새벽, 비누로프스키는 자신의 방 소파에서 총에 맞아 죽은 채 발견되었다. 모든 정황을 고려해 볼 때 살인 사건이 분명했다.

그런데 지금까지도 범인의 윤곽은 오리무중이다. 단서가 전혀 발견되지 않았다.

내 마음속에서 툭 하고 현이 하나 끊어진다.

이반 비누로프스키! 당신은 그런 식으로 죽어서는 안 돼!

참을 수 없는 슬픔이 밀려온다.

당신의 운명이 바로 슬라브 민족의 운명이다.

사람이 총을 맞고 죽었는데 아직까지도 단서가 전혀 발견되지 않았다.

*
12월 18일

뮌헨에서의 마지막 날을 아그네스 슈탈과 함께 보낸다. 그녀에게 하고 싶은 말이 많다.

그녀는 나를 이해하는 것 같다.

한 번쯤은 누군가에게 속내를 전부 털어놓고 싶었다.

그런데 딱 한 여자만이 그 이야기를 들어 준다.

드디어 끝났다.

이제 더 이상 할 말이 없다.

*
1월 3일

나는 쉴리어제 근처의 탄광에서 일한다. 나한테 딱 맞는 곳이다.

고된 일과가 끝났을 때 바라보이는 산이 기운을 북돋아 준다.

나는 시간이 날 때마다 산을 바라본다.

일은 그다지 힘들지 않다. 나는 강하고 건강하다.

동료들도 모두 친절하다.

작은 농가에 방을 하나 얻었다.

땅에서 아름다움과 힘찬 기운이 뿜어져 나온다.

산은 흔들림 없이 굳건하게 그 자리를 지킨다.
사람은 세월이 흐르면 죽는다.
하지만 산은 늘 똑같은 모습으로 남아 있다.
산은 세월이 흘러도 영원히 젊다.

*
1월 7일

전쟁은 나를 깊은 잠에서 일깨웠다. 나를 의식화한 것은 전쟁이다.

정신은 나를 괴롭히고 파국을 향해 몰아갔다. 나에게 맨 밑바닥부터 맨 꼭대기까지를 보여 준 것은 정신이다.

노동은 나를 구원했다. 나에게 자부심을 심어 주고 나를 자유롭게 만든 것은 노동이다.

이 세 가지를 통해 나는 새 사람이 되었다.

자의식과 자부심을 지닌 자유로운 독일인, 그가 미래를 쟁취할 것이다.

예수 그리스도는 내게 많은 것을 주었다. 하지만 모든 것을 주지는 않았다.

우리는 마음속에서 예수 그리스도를 새롭게 일깨워야 한다.

그것은 단지 자신의 힘에 대한 자각으로만 가능하다.

목숨은 전부가 아니다. 목숨 자체는 전혀 중요하지 않다. 우리는 그것을 극복해야 한다. 그래야 새로운 열매를 맺을 수 있다. 목숨에 집착하는 한 인간은 자유로울 수 없다.

*
1월 10일

다시 머나먼 미지의 곳으로 떠나고 싶은 충동이 인다. 하지만 내 사랑은 늘 어머니 품속 같은 대지로 되돌아온다.

*
1월 18일

"사랑하는 어머니에게! 이제 저는 최악의 상태에서 벗어났어요. 마음이 자유로워졌어요. 그동안 저를 괴롭히고 압박했던 일들을 극복했어요. 이제 날개를 활짝 펼치려고 해요. 조만간 푸른 하늘을 향해 날아갈 것을 생각하면 벌써부터 마음이 설레요.

저를 세상에 태어나게 해주셔서 고맙습니다. 예전에 종종 어머니한테 왜 저를 낳았느냐며 원망했던 일은 싹 잊어 주세요.

생명은 귀하다는 것을 깨달았어요. 살아 있다는 것은 소중한 일이에요. 삶에 지친 사람들이 하는 말은 진심이 아니에요. 우리는 고통받다 죽기 위해 세상에 태어난 것이 아니에요.

우리는 완수해야 할 사명이 있어서 세상에 태어났어요.

그 사명을 완수하겠다는 충동을 더 강하게 느끼는 사람도 있고 더 약하게 느끼는 사람도 있어요.

제 경우에는 그 충동이 마음속에서 불꽃처럼 활활 타오르고 있어요. 저는 꼭 그 사명을 완수할 겁니다.

모든 것을 극복한 지금 어머니의 얼굴을 다시 볼 날을 고대하고 있어요.

우리의 미래는 어떻게 될까요? 우리는 어떤 미래를 걱정하는 걸까요? 하지만 어떤 미래가 닥쳐도 저는 흔들리지 않는 확고한 마음으로 당당히 맞설 작정입니다. 그 어떤 미래와도 싸울 수 있을 만큼 충분히 강해졌으니까요. 우리 세대는 너무 일찍 어른이 되었어요. 청년기에 다른 세대보다 훨씬 많은 일과 더 많은 고통을 겪어야 했기 때문이에요.

하지만 끊임없이 스스로를 몰아붙인 덕분에 우리는 그 모든 것을 잘 이겨 냈어요.

투쟁은 필연적으로 피를 부릅니다. 하지만 핏방울은 하나하나 전부 씨앗이 됩니다.

땅에서 공짜로 얻는 것은 하나도 없습니다. 모든 일에는 시작과 끝이 있습니다."

*
1월 29일

    오늘 저녁 집주인 여자가 울면서 내 방으로 뛰어들더니 내일 제발 탄광에 출근하지 말라고 애원한다. 내가 돌에 맞아 죽는 꿈을 꿨다는 것이다.
    나는 그녀를 진정시키려 애쓴다.
    꿈은 꿈일 뿐이라면서.
    하지만 그녀의 말이 머릿속에서 떠나지 않는다.
    갱도 안에서는 늘 죽음이 우리와 함께하지 않던가.

    아직은 죽고 싶지 않다!

    우리 모두 자신을 희생해야만 한다!

미하엘의 일기는 여기서 끝난다.

광부 견습생 알렉산더 노이만이 2월 26일 뷔르츠부르크에 있는 헤르타 홀크에게 보낸 편지:

오늘에서야 아그네스 슈탈 양을 통해 전달된 당신의 부탁을 들어줄 수 있게 됐습니다. 느닷없고 황당한 미하엘의 죽음에 대해 자세히 알려 드리겠습니다.

미하엘이 쉴리어제 광산에서 일하기 위해 이곳을 찾은 것은 작년 12월 말이었습니다. 우리는 집도 가깝고 우연히 자주 얼굴을 부딪치면서 서로 호감을 느껴 친밀하게 지냈습니다. 친구라 불러도 좋을 정도의 동료였지요. 이 단순하면서도 위대한 인간이 얼마나 금세 사람의 마음을 사로잡는지는 당신도 잘 알리라 생각합니다.

불행한 사고가 일어난 그날 아침에도, 1월 30일입니다, 우리는 늘 그랬듯이 함께 출근했습니다. 우리의 집에서 광산까지는 그리 멀지 않습니다. 도보로 약 30분 정도의 거리지요.

정각 6시가 우리 조 작업 교대 시간이라 새벽 5시에 집을 나섰습니다. 그날따라 날씨가 어찌나 춥던지 손발이 꽁꽁 얼어붙을 정도였습니다. 우리는 높다랗게 쌓인 눈을 뚫고 계속 걸어갔습니다.

출근길에 늘 그랬듯이 그날도 미하엘은 진지하고 말이 없었습니다.

농담조차 하지 않았죠.

그런데 미하엘이 갑자기 걸음을 멈추더니 나한테 이렇게 물었습니다.

"예감이라는 게 정말 존재할까? 왠지 그냥 집으로 돌아가야 할 것 같은 기분이야."

하지만 다음 순간 그가 껄껄 웃으면서 소리쳤어요.

"이런, 지금 내가 무슨 헛소리를 하는 거지. 꿈은 그냥 꿈일 뿐이야!"

6시가 되기 직전에 우리는 갱도 안으로 들어갔습니다. 좁은 갱도 안에서 나는 그의 옆에서 일했습니다. 우리는 똑바로 드러누운 채 망치로 암벽을 두드려 석탄을 아래쪽으로 떨어뜨리는 방식으로 작업을 했습니다. 중간에 그가 한 번 뭐라고 내게 소리쳤는데, 그때 나는 알아듣지 못했어요. 10시쯤 됐을 때 나는 아침을 먹기 위해 다른 갱도로 이동했습니다. 하지만 미하엘은 남은 작업을 마저 하겠다면서 그냥 그곳에 남아 있었습니다.

갑자기 졸졸 물 흐르는 소리가 들리더군요. 이어서 곧바로 쿵쾅하는 날카롭고 탁한 폭음이 들렸어요. 아주 짧게. 내가 쏜살같이 그쪽으로 뛰어가 보니 미하엘이 바닥에 누워 있었어요. 그의 얼굴에 전등을 비춰 보니 눈을 감고 있었어요. 심장에 귀를 가져다 댔더니 다행히 심장은 아직 뛰고 있었어요. 숨도 쉬고 있었고요.

동료를 몇 명 더 불러 미하엘을 밖으로 데리고 나왔어요. 한순간 그가 눈을 뜨고 뭐라고 중얼거렸지만 알아들을 수 없었습니다. 광산에 상주하는 의사가 즉시 도착해 그를 살펴보았어요.

암벽에서 떨어져 나온 돌이 미하엘의 정수리에 정통으로 맞는 바람에 뇌출혈이 일어난 거였습니다. 미하엘은 그로부터 몇 시간밖에 더 못 살았어요.

우리는 일단 그를 제일 가까운 집으로 옮겨 침대에 눕혔어요. 얼굴은 평온했고, 몸은 거의 움직이지 못했어요. 단지 몇 번 입을 열어 나직하게 중얼거렸습니다.

"너무 지쳤어. 이제 그만 자고 싶어."

그는 그 상태로 계속 누워 있었어요. 두 시간이 가고 세 시간이 갔어요. 정오쯤 됐을 때 미하엘이 눈을 번쩍 뜨더군요. 그는 몹시 놀란 표정으로 우리를 낯선 사람 보듯 쳐다봤어요. 그러고는 아주 크고 뚜렷한 목소리로 외쳤어요. "어머니!"

그때부터 죽음과의 사투가 벌어졌어요.

미하엘은 열에 들떠서 환상이 보이는 듯했어요. 마치 눈앞에 보이지 않는 적들이 있는 것처럼 몸을 계속 떨더군요. 그리고 마치 단말마의 비명처럼 이렇게 소리쳤어요.

"이반, 이 악당 놈아!"

그러다 갑자기 또 아주 나직하게 말했어요.

"노동자 만세!"

그때부터 뭐라고 계속 중얼거렸는데, 우리는 그의 말을 한 마디도 알아들을 수 없었습니다. 가끔 한두 단어가 귀에 들어왔는데, 아마도 '희생'이라는 단어였던 것 같아요. '노동'이나 '전쟁' 같은 단어도 튀어나왔어요.

어느 순간 아주 조용해졌어요. 그리고 그가 환한 표정으로 미소를 지었어요. 그게 마지막이었어요. 미하엘은 미소와 함께 저세상으로 떠났습니다.

그때가 정각 오후 4시였습니다.

그의 방에서 입관식이 진행되었어요. 코에 핏자국이 약간 남아 있을 뿐, 미하엘의 얼굴은 전혀 일그러지지 않았어요.

그는 꽃과 화관들 속에 누워 있었습니다.

사망 후 사흘째 되던 날 어머니가 찾아오셨어요. 내가 전보로 소식을 전해 드렸거든요. 그분은 예상했던 것보다 훨씬 더 의연했습니다.

그 다음 날 우리는 그의 장례식을 치렀습니다. 구름 한 점 없이 청명하고 추운 겨울날 오후였어요.

뮌헨에서 온 몇몇 대학생들, 젊은 화가들, 그리고 스위스 조각가 아그네스 슈탈이 미하엘의 마지막 가는 길을 함께했습니다. 광부들이 그의 관을 무덤까지 날랐습니다. 그는 노동자이자 대학생이자 병사로서 땅에 묻혔습니다. 그를 땅에 묻으면서 동료들이 마지막 작별 인사를 했습니다. "머나먼 길을 떠나는 그대에게 마지막 행운이 함께하기를!"

장례식이 끝난 뒤 그의 책상에서 겔젠키르헨 광산의 갱부장 마티아스 그뤼처한테 보내려 한 미완성 엽서를 발견했습니다. 엽서에 그는 새로운 제국의 개척자가 될 생각이라고 써 있었습니다. 우리는 절망해서는 안 된다는 말도 있었습니다. 책상 서랍 속에는 《파우스트》와 《성서》, 니체의 《차라투스트라》, 그리고 일기가 들어 있었습니다.

미하엘의 죽음과 관련된 이야기는 이게 전부입니다.

마지막으로 하나 더 언급하고 싶은 이야기가 있습니다. 그것을 보고 나는 여러 가지 측면에서 나의 친구이자 당신의 친구인 미하엘의 운명을 제대로 통찰하게 되었을 뿐 아니라 고통과 슬픔을 넘어 미하엘의 죽음이 갖는 미래적이고 상징적인 의미를 깨닫게 되었습니다. 바로 몇 주 전 미하엘의 어머니가 내게 기념으로 보내 준 《차라투스트라》라는 책에 관한 이야기입니다. 손때가 묻어 아주 낡은 그 책을 미하엘은 전쟁 내내 배낭 속에 넣고 다니면서 매일 저녁 한 시간씩 읽었다고 하더군요.

그 책에서 미하엘이 두 번이나 빨간 펜으로 두껍게 밑줄을 쳐놓은 대목을 발견했습니다.

"많은 사람들은 너무 늦게 죽고 몇몇 사람들은 너무 일찍 죽는다. '알맞은 때에 죽도록 하라'는 가르침은 아직도 낯설게 들린다."

옮긴이의 말

파울 요제프 괴벨스(1897~1945)가 누구인가? 주지하다시피 나치스의 선전장관으로서 독일 국민을 나치즘이라는 광기로 끌어들이는 데 혁혁한 공을 세운 인물이다. 1925년 나치스에 입당하고 1933년 히틀러에 의해 선전장관에 임명돼 언론 매체와 대중 연설을 통한 선동과 언론 조작으로 독일 국민을 최면 상태로 몰아간 괴벨스는 한마디로 말해 악랄한 독재자의 나팔수이자 선동가였다.

중산층 가정에서 태어났지만 어린 시절부터 온갖 질병에 시달렸던 괴벨스는 골수염 후유증으로 오른쪽 다리를 절게 되었고, 그것은 그에게 커다란 콤플렉스로 남게 된다. 그에 대한 보상을 학업에서 찾았던 괴벨스는 1921년 하이델베르크 대학에서 낭만주의 극작가 빌헬름 쉬츠 연구로 박사 학위까지 받았다. 하지만 문학을 연구하는 인문학도 괴벨스는 히틀러를 만나 그 좋은 두뇌와 언변, 그리고 글솜씨로 나치 정권의 앞잡이가 되어 히틀러가 권력을 잡는 데 결정적인 기여를 했고, 결국 1945년 히틀러와 운명을 함께했다.

《미하엘》은 괴벨스가 남긴 유일한 소설로 1929년에 출간되었다. 부제가 말해주듯이 미하엘이라는 한 독일인의 운명을 일기 형식에 담은 것으로, 괴벨스의 반자전적 작품이라 할 수 있다. 원래의 초고는 자전적 내용이 주를 이루었으나, 대학 생활 중 크게 의지했던 친구 리하르트 플리스게스의 죽음에 충격을 받고 그에게 기념비를 선사하겠다는 의도로 장편 소설로 개작한 것이다. 플리스게스는 주인공 미하엘과 마찬가지로 대학을 중퇴한 뒤 노동자로 변신해 한 광산에서 일하다 사고로 죽음을 맞이한 인물이다. 소설 《미하엘》에는 괴벨스의 성장기의 고민과 갈등, 그리고 사고로 목숨을 잃은 플리스게스의 운명이 뒤섞여 있다.

일기는 미하엘이 제1차 세계 대전에 참전한 뒤 귀향한 시점부터 광산에서 광부로 일하다 낙석에 맞아 불의의 죽음을 맞이할 때까지 약 1년 반의 시기를 담고 있다. 괴테의 《파우스트》와 니체의 《차라투스트라》에 심취했던 젊은 문학도의 내면에서 벌어지는 시대와 국가, 그리고 개인의 삶에 대한 치열한 갈등과 성찰이 주된 줄거리다. 당연히 사랑과 우정, 종교 등에 대한 고민도 들어 있다. 일기라는 형식에 걸맞게 내밀하고 진솔한 자기 고백이 주를 이루는데, 미하엘의 고민은 그대로 20대 때 괴벨스의 고민으로 이해해도 무방할 듯싶다.

패잔병이 되어 돌아온 미하엘의 눈에 독일은 방향타가 고장 난 난파선처럼 표류하고 있다. 새로운 독일의 형성에 이바지하고자 하는 갈망으로 대학에 진학하나 대학은 그의 기대와는 달리 새로운 시대정신을 만들어 내지 못하고 여전히 기득권을 지키려는 인물들의 양성소처럼 보인다. 결국 미하엘은 대학을 떠나 노동자의 길을 걷기로 결심한다. 그 결심을 하기까지 미하엘은 수많은 고민과 갈등을 겪는다. 권력 쟁취에만 매몰된 정치 지도자들에 대한 분노, 사회를 지배하고 있는 물질주의에 대한 반감, 사회 통합의 정신적 구심점이 되어 주지 못하는 종교와 종교인들에 대한 실망 등이 주된 내용이다. 또한 노동자가 되려는 자신을 이해하지 못하는 연인과의 갈등 역시 큰 부분을 차지하고 있다.

하지만 새로운 시대, 새로운 독일에 대한 미하엘의 갈망과 고민을 20대 청년의 순수함으로만 받아들일 수 없는 것은 그것이 편견이나 독선과 결합해 현실에서 얼마나 위험한 결과를 초래했는지 우리가 익히 알기 때문이다. 예를 들어, 미하엘은 당대 독일의 정치, 경제, 사회적 타락과 붕괴의 근원을 물질주의로 진단하지만, 그 책임을 유대인한테 돌리며 유대인에 대해 극도의 증오와 반감을 드러낸다. 또한 새로운 독일을 이끌어 갈 구원자가 이미 나타났음을 암시하는데, 그게 누구를 가리키는지는 충분히 짐작할 수 있을 것이다. 이 소설을 출간할 당시 괴벨스는 이미 나치스 당원으로서 뛰어난 글솜씨와 연설 솜씨로 나치즘 이데올로기의 전파에 앞장서고 있었다. 따라서 이 소설의 출간 의도 역시 국가 사회주의 이념의 전파와 완전히 무관하지는 않을 것이다. 사실 이 책을 읽는 재미와 의미는 바로 거기에 있다. 미하엘의 모습에서 괴벨스의 가치관과 이념이 언제 어떻게 싹트기 시작했는지를 확인해 보는 것.

"이성은 필요 없다, 감정에 호소하라."
"분노와 증오는 대중을 열광시키는 가장 강력한 힘이다."

괴벨스가 남긴 말이다. 《미하엘》의 문체 역시 마음을 움직이기 위해 상당 부분 독자의 감정에 호소하고 있다. 하지만 그럴수록 괴벨스의 선동에 넘어가지 않기 위해 뜨거운 가슴보다는 차가운 머리로 이 책을 읽어 보기를 권한다.

파울 요제프 괴벨스 연보

1897년　　10월 29일 독일 라이트 시에서 가톨릭 집안의 여섯 자녀 중 넷째로 태어났다. 아버지 프리츠 괴벨스는 공장 직원이었고, 어머니 카타리나 괴벨스는 네덜란드인이었다. 네 살 무렵 골수염에 걸려 다리가 굽었다. 왜소한 체구와 불편한 다리 때문에 평생 열등감을 느꼈다.

1908년　　김나지움에 입학했다.

1914년　　7월 28일 제1차 세계 대전이 발발했다. 참전을 원했지만 다리 장애로 병역 부적격 판정을 받았다.

1917년　　우수한 성적으로 아비투어(대학 입학 자격시험)에 합격했다. 본 대학에 입학했다.

1918년　　독일이 패전했다. 독일 제국의 황제 빌헬름 2세가 퇴위하고, 바이마르 공화국이 수립되었다.

1919년　　연합국과 독일 사이에 베르사유 조약이 체결되었다. 독일은 해외 식민지와 유럽 영토를 반환했고, 막대한 전쟁 배상금을 지불해야 했다. 독일은 화폐 발행을 늘려 빚을 갚았지만, 하이퍼인플레이션을 초래했다. 독일노동자당(이듬해 국가사회주의독일노동자당으로 개칭, 즉 나치당)이라는 작은 정당에 히틀러가 가입했다.

1920년　　계급 문제에 관심을 가지던 괴벨스는 단편 극본 〈노동자 계급의 투쟁〉을 완성했다.

1921년　　하이델베르크 대학에서 독일 문헌학으로 박사 학위를 받았다. 낭만주의 극작가 빌헬름 쉬츠에 관한 연구였다. 이때까지 괴벨스는 나치당을 인정하지 않았다.

1923년	드레스덴 은행에 취직했지만 건강이 나빠져 잠시 요양했다. 탄광에서 일하던 친구 리하르트 플리스게스가 사고로 죽자 친구를 기리기 위해 반자전적 소설 《미하엘》을 집필했다. 한편, 히틀러는 '뮌헨 폭동'을 일으켜 이듬해 4월 징역 5년형을 선고받았다.
1924년	국가 사회주의 투쟁지인 《민족의 자유》 편집인이 되었다. 이 무렵부터 나치당과 히틀러에게 관심을 가졌다. 12월 히틀러가 석방되었다.
1925년	나치당이 재건되었다. 괴벨스는 곧바로 입당했다. 7월 히틀러를 처음 대면하고 완전히 매료되었다. 8월 《국가 사회주의 서한》의 편집인에 임명되었다.
1926년	탁월한 연설 능력과 충성심으로 히틀러의 신임을 얻었다. 베를린 지방의 당 지도자가 되었다.
1927년	기관지 《공격》을 창간했다.
1928년	제4대 제국의회 의원에 선출되었다.
1929년	《미하엘》이 출간되었다. 대공황이 시작되었다.
1930년	의회 해산 후 제국의회 선거가 치러졌다. 괴벨스는 전국을 누비며 연설했다. 나치당 의석이 12석에서 107석으로 늘어 제2당이 되었다.
1931년	12월 19일 마그다 괴벨스와 결혼했다.
1932년	히틀러가 대통령 선거에 출마했다. 괴벨스는 전단지와 연설 음반, 영상을 제작해 배포했다. 히틀러는 대통령 결선 투표에서 힌덴부르크에게 패배했지만, 7월 제국의회 총선거에서 나치당은 230석을 획득해 제1당이 되었다.

1933년	1월 30일 히틀러가 제1당의 당수로서 총리에 임명되었다. 3월 24일 행정부에 입법 권한을 위임하는 수권법이 의회를 통과하면서 나치 독재 체제가 확립되었다. 선전장관에 취임한 괴벨스는 라디오 방송 권한을 선전부로 옮기고 신문과 방송을 장악했다. 5월 10일 괴벨스의 지시를 받은 독일 학생 연합이 유대인, 공산주의자 등이 집필한 책 2만여 권을 불태웠다.
1934년	힌덴부르크 대통령이 사망하면서 히틀러가 총통 겸 제국 총리이자 대통령직에 올랐다.
1935년	인종 차별법인 〈뉘른베르크 법〉이 제정되었다. 유대인들은 시민권을 박탈당했다.
1936년	독일이 베르사유 조약을 위반하고 비무장 지대인 라인란트를 점령했다. 괴벨스는 베를린 올림픽을 이용해 나치당을 선전하고 아리아인의 우수성을 과시했다.
1937년	뮌헨에서 퇴폐 미술 전시회를 개최했다. 독일 내 미술관에서 압수한 퇴폐 작품 650점을 모아 전시했다. 피카소, 샤갈, 칸딘스키, 몬드리안의 작품도 포함되어 있었다.
1938년	독일이 오스트리아를 합병했다. 11월 9일 '수정의 밤' 사건이 일어났다. 유대인 청년이 프랑스 주재 독일 외교관을 저격했는데, 괴벨스는 유대인 집단이 테러에 가담했다고 선전했다. 이후 나치 폭도들이 유대인 소유 상점과 교회를 방화하고 파괴했다. 거리에 깨진 유리 파편이 가득했다고 해서 '수정의 밤' 사건이라 불린다. 3만 명 이상의 유대인이 강제 수용소로 끌려갔다.
1939년	독일이 체코슬로바키아를 합병했다. 9월 1일 독일의 폴란드 침공으로 제2차 세계 대전이 발발했다. 전쟁을 앞두고 괴벨스는 베를린 소방서 앞에서 5천여 점의 '퇴폐 미술'을 불태웠다.

1941년	독일이 모스크바를 공격했다.
1942년	아우슈비츠에서 유대인 학살이 시작되었다.
1943년	2월 18일 베를린에서 '총력전'을 선언하는 연설을 했다.
1944년	7월 25일 히틀러가 전쟁 총동원 체제를 괴벨스에게 일임했다. 8월 25일 연합군이 파리에 입성했다.
1945년	4월 30일 제국 총리에 임명되었다. 5월 1일 베를린 총리 관저의 벙커 안에서 아내와 6명의 아이들과 함께 동반 자살했다. 히틀러가 자살한 다음 날이었다.

지은이 **파울 요제프 괴벨스**

나치 독일의 선전장관. 국회의원, 당 선전부장을 지냈다. 타고난 언변과 탁월한 문장력으로 대중을 집단 최면 상태에 빠트린 희대의 정치 연출가였다. 하이델베르크 대학에서 독일 문헌학으로 박사 학위를 받았다. 졸업 이후 은행원, 저널리스트로 일하면서 반자전적 소설 《미하엘》을 비롯해 몇 편의 작품을 썼다.

옮긴이 **강명순**

고려대학교 독어독문학과와 동 대학원을 졸업하고 문학 박사 학위를 받았다. 현재 전문 번역가로 활동 중이다. 옮긴 책으로는 파트리크 쥐스킨트의 《향수》, 샤를로테 링크의 《다른 아이》, 《죄의 메아리》, 《폭스 밸리》, 몬스 칼렌토프트의 《살인의 사계절》 시리즈, 헤르만 코흐의 《디너》, 로버트 슈나이더의 《히든 바흐》 등이 있다.

미하엘

발행일 : 제1판 제1쇄 2017년 4월 17일
지은이 : 파울 요제프 괴벨스
옮긴이 : 강명순 펴낸이 : 이연대
주간 : 이연대 편집 : 김세민 서재준 디자인 : 이주미
제작 : 허설 지원 : 유지혜 고문 : 손현우
펴낸곳 : 메리맥_서울시 종로구 평창30길 15 2층
전화 : 02 396 6266 팩스 : 070 8627 6266
이메일 : contact@threechairs.kr 홈페이지 : www.threechairs.kr
출판등록 : 2016년 3월 21일 제300 2016 28호
ISBN : 979 11 86984 09 3

메리맥은 (주)스리체어스의 픽션 브랜드입니다.

이 책 내용의 전부 또는 일부를 재사용하려면
반드시 저작권자와 메리맥 양측의 동의를 받아야 합니다.

책값은 뒤표지에 표시되어 있습니다.